Ohne Handy – voll am Arsch!

Florian Buschendorff

K.L.A.R.

Impressum

Titel
Kurz – **L**eicht – **A**ktuell – **R**eal
Ohne Handy – voll am Arsch!

Autor
Florian Buschendorff

Titelbildmotiv
© ViewApart – Fotolia.com

Verlag an der Ruhr
Mülheim an der Ruhr
www.verlagruhr.de

Ab 12 Jahre

ISBN 978-3-8346-2921-0

Druck: AZ Druck und Datentechnik GmbH, Kempten, DE

Begleitendes Unterrichtsmaterial:

K.L.A.R. – Literatur-Kartei:
„Ohne Handy – voll am Arsch!"
Florian Buschendorff
Kl. 7–10, 64 S., A4
Hefter: ISBN 978-3-8346-2922-7
PDF: ISBN 978-3-8346-2950-0

Vorwort

Viele Menschen tun manchmal so, als sei das Handy ein Fluch unserer Zeit. Manchmal klingt es schön, wenn sie von früher erzählen – wie man noch ganz ohne Handy ausgekommen war. Und manchmal würde auch ich gern das Handy meiner Tochter in einem Safe einschließen.
Aber so einfach ist das alles nicht. Vor allem, weil ich selbst niemals ohne Handy aus dem Haus gehe. Und wenn, dann würde ich noch einmal umkehren, um es zu holen.
Ein Roman über Handysucht konnte also nur eine Geschichte werden, in der es um die verschiedenen Gesichter dieser smarten Spielzeuge geht. Viel Spaß beim Lesen wünsche ich euch!
Ich bedanke mich herzlich bei meinen handysüchtigen Familienmitgliedern und Freunden für die vielen Details aus dem lustigen Alltag von Handyabhängigen.

Florian Buschendorff

1

„Lernen Sie so etwas in der Lehrerausbildung?“

Aaron war nicht zu Unrecht zum Klassensprecher gewählt worden. Er konnte Lehrern manchmal ordentlich einheizen. Er hatte den Mut, das auszusprechen, was die schweigende Mehrheit dachte.

„Herr Schmidt, das ist schon eine ziemlich durchgeknallte Idee. Ich kann mir nicht vorstellen, dass Sie das wirklich durchziehen wollen.“

„Warum nicht?“, erwiderte Herr Schmidt ruhig. „Es ist doch ein interessantes Experiment. Nach zwei Wochen wird ausgewertet.“

„Aber wir sind nicht Ihre Versuchskaninchen!“, sagte Johanna. „Können Sie Ihr Experiment nicht mit einer anderen Klasse machen?“

„Nein, kann ich nicht“, antwortete Herr Schmidt. „Ihr seid meine Prüfungsklasse und ich möchte über dieses Experiment meine Abschlussarbeit schreiben. Außerdem lernt ihr dabei sicher eine ganze Menge.“

Aaron stand auf. Das tat er gern, wenn er zu Lehrern redete, um zum Ausdruck zu bringen, dass er für die ganze Klasse sprach.
„Lieber Herr Schmidt. Wir hatten ja schon zwei Referendare. Frau Euler zum Beispiel, letztes Jahr. Die hatte auch immer so lustige Ideen. Bei ihr mussten wir uns bei der Gruppenarbeit Papierhütchen aufsetzen. Und dann malte sie uns Teamsternchen auf die Dinger."
Die Klasse lachte. Auch Herr Schmidt musste schmunzeln.
„Am Anfang fanden wir das ganz witzig und haben uns alles Mögliche gegenseitig auf die Hütchen gemalt. Aber dann fanden wir das ziemlich bald ziemlich bescheuert."
„Wir sind schließlich keine Babys mehr", sagte Johanna. „Wir können schon ganz gut selbst entscheiden, wie oft und wozu wir unsere Handys benutzen."
Aaron ging nach vorne und stellte sich neben Herrn Schmidt.
„Wir leben doch in einer Demokratie, Herr Schmidt", sprach er weiter. „Das haben Sie uns doch gerade beigebracht. Dann fragen Sie doch mal, wer überhaupt mitmachen will."
Aaron wandte sich zur Klasse.

„Also: Wer will bei dem Experiment von Herrn Schmidt mitmachen? Bitte melden!“ Aaron zeigte auf die schweigende Klasse. „Sehen Sie, Herr Schmidt? Niemand! Also lassen Sie uns doch einfach weiter ganz normalen Unterricht machen.“
Aaron ging zu seinem Platz zurück.
Er mochte Herrn Schmidt ja. Für ihn war sein Auftritt eher eine Art freundschaftliches Kräftemessen. Allerdings hatte Herr Schmidt gute Chancen, die Klasse doch noch rumzukriegen. Der Referendar war bei den meisten Schülern sehr beliebt. Am Anfang des Schuljahres waren alle sehr verwundert über den neuen, jungen Lehrer, der sich nicht wie ein typischer Lehrer benahm. Und alle fanden, dass Herr Schmidt auch nicht wie ein Lehrer aussah. Eher wie Robert Pattinson.
„Vielleicht stimmen wir noch einmal richtig ab“, sagte Herr Schmidt, „nachdem ich euch die Einzelheiten erklärt habe.“ In ruhigen Schritten ging er durch den Klassenraum.
„Also, ich brauche keine Details“, sagte Johanna. „Ich werde mein Handy mit Sicherheit nicht abgeben. Nicht für einen Tag und schon gar nicht für zwei Wochen.“

Amelie meldete sich, obwohl jetzt ohnehin alle durcheinanderredeten.
„Amelie!“, sagte Herr Schmidt.
„Also, ich finde, wenn Herr Schmidt das machen will, sollten wir ihn wenigstens mal ausreden lassen.“
„Schleimer!“, rief Tom.
„Sie sagen“, sprach Amelie weiter, „wir würden dabei eine Menge lernen. Was soll das denn sein?“
„Nun“, sagte der Lehrer, „ich finde, man lernt eine ganze Menge über sich selbst, wenn man für eine gewisse Zeit auf etwas verzichtet, was man sonst immer tut.“
„In die Schule gehen zum Beispiel“, rief Tom und erntete ein paar Lacher.
„Zum Beispiel habe ich“, sprach Herr Schmidt unbeirrt weiter, „einmal einen ganzen Monat auf Fleisch verzichtet und seitdem …“
„Schon klar, Herr Schmidt“, unterbrach ihn Johanna. „Seitdem essen Sie nur rohes Gemüse und fahren nur noch Fahrrad.“
„Jetzt lass Herrn Schmidt ausreden!“, sagte Karla.
Der Lehrer schaltete den Projektor ein.
An der Wand erschien die Überschrift:

Zwei Wochen ohne Handy –
ein Selbstversuch der Klasse 9a

Herr Schmidt schrieb ein paar Begriffe auf die Folie und fuchtelte dann mit dem Stift in der Luft herum.
„Erstens: Nicht alle geben ihr Handy ab, sondern nur die Hälfte der Klasse. Die anderen machen weiter wie bisher. Und zweitens: Es ist viel leichter, auf das Handy zu verzichten, wenn man weiß: Vielen anderen geht es genauso."
„Und wer legt fest, wer sein Handy abgeben muss?", fragte Johanna.
„Lose", antwortete Herr Schmidt. „Ihr zieht Lose."

2

echt krank der schmidt.

schmidt ist schon okay.

gleich am müll.

bin noch in der cafeteria.

bring mir bitte ne brezel mit.

yep

wmd morgen?

ka

komm mal raus, sind am müll.

„Schreibst du mit Aaron?“
Amelie und Johanna saßen im Schneidersitz auf der tischhohen Betonsäule, die irgendein launiger Architekt ohne erkennbaren Grund neben den Müllplatz auf dem Schulhof gezaubert hatte. Der Ort neben den Abfallcontainern hatte einen Nachteil: Je heißer es war, desto übler roch es. Doch dafür hatte man hier seine Ruhe.

„Der soll mir eine Brezel mitbringen", sagte Johanna.
„Ich bin ja gespannt auf Montag", sagte Amelie. „Stell dir mal vor, eine von uns beiden muss das Handy abgeben."
„Darf der das überhaupt? Wenn ich abgeben muss, gehe ich zur Saalmann." Johanna war aufgebracht. „Diese Abstimmung war doch gefaked!"
„Warum bist du eigentlich immer gegen Schmidt?", fragte Amelie.

ich seh dich! schick mal den blöden tom weg!

brezeln waren alle. bringe was anderes mit.

„Ich gebe mein Handy nicht ab. Niemals!" Johanna drückte ihr Smartphone an ihre Brust.
„Was machst du am Wochenende?", fragte Amelie.
„Vielleicht was mit Aaron", sagte Johanna.
„Habe ich irgendetwas verpasst?"
„Kann sein", sagte Johanna und lächelte das Display an.

mach mal hin, ich verhungere!

„Hast du vielleicht Lust, mit mir am Sonntag in die Passage zu gehen?“, fragte Amelie. „Sonntag ist verkaufsoffen. Ich möchte mir dieses Oberteil kaufen.“
„Mal sehen“, sagte Johanna, ohne von ihrem Handy hochzuschauen.
Amelie schwieg. Sie sah Aaron und Tom entgegen, die sich mit vollen Händen dem Müllplatz näherten.

„Schinkenbaguette?“ Aaron reichte Johanna das Brötchen.
„Danke“, sagte Johanna und griff zu. „Tom, du reißt doch sonst immer dein Maul so weit auf. Kannst du Schmidt nicht von dem Mist abbringen? Ich habe keinen Bock auf diesen Selbsterfahrungsscheiß.“
„Mir egal“, entgegnete Tom und grinste. „Soll ja Leute mit zwei Handys geben. Wir haben uns übrigens gerade einen Namen für diejenigen überlegt, die ihr Handy loswerden.“
„Und?“, fragte Amelie.
„MoHa.“
„Ganz toll, Tom“, sagte Johanna. „Und was soll das bitte heißen?“

„Mensch ohne Handy“, lachte Tom.
„Zum Glück werde ich niemals zu den MoHas gehören“, sagte Johanna.
„Glaub ich sofort“, entgegnete Aaron. „Ohne Handy kann ich mir dich nicht vorstellen.“
„Und die *mit* Handy?“, fragte Amelie.
„Keine Ahnung“, sagte Tom. „Das sind ja die Normalen. Die brauchen keinen Namen.“
„Genau!“, sagte Johanna. „*Die Normalen?* Finde ich sehr geil.“
Sie steckte sich den Rest des Schinkenbaguettes in den Mund.
„Und? Was macht ihr beiden Hübschen am Wochenende?“, fragte Amelie plötzlich und sah abwechselnd zu Aaron und Johanna.
Aaron guckte verdutzt.
„Es hat geklingelt“, sagte Johanna kauend.
Sie warf Amelie einen ärgerlichen Blick zu, schmiss die Serviette in den Müllcontainer und sprang von der Säule.

„Noch 90 Minuten bis zum Wochenende!“, rief Johanna.
Vor dem Tor verlangsamte Amelie ihre Schritte und ließ Johanna und Tom vorgehen.

„Bleibt es denn bei morgen?“, fragte sie Aaron leise. „Wegen Mathelernen?“
„Warum nicht?“, erwiderte Aaron.
„Na, vielleicht hast du ja schon etwas anderes vor“, sagte Amelie. Sie sah Aaron fest in die Augen.
„Johanna, oder?“, fragte Aaron. „Was hat sie dir denn erzählt?“
„Nichts“, sagte Amelie. „Nicht sehr viel.“
„Ich dachte, ihr seid best friends“, erwiderte Aaron.
„Dachte ich auch“, sagte Amelie.
„Morgen um zwei bei mir“, sagte Aaron. „Wie verabredet.“
Amelie lächelte. Sie waren die Letzten, die das Schulhaus betraten.

3

„Für den heutigen Tag habe ich mir ein dickes X in den Kalender gemacht“, begrüßte Herr Schmidt die Klasse. Durch die Krankheit von Frau Reimers, der Klassenlehrerin, hatten sie bis auf Weiteres acht Stunden in der Woche bei ihm.

„Für einige von euch wird sich ab heute das Leben radikal verändern.“ Herr Schmidt grinste.

„Sehr witzig, Herr Schmidt“, sagte Johanna.

„Wie war das Wochenende?“, fragte der Lehrer.

„Möchten Sie jetzt private Details wissen?“, fragte Tom.

„Nein, lass mal stecken, Tom“, sagte Herr Schmidt. „Ich will natürlich nur wissen, wer die Hausaufgabe gemacht hat.“

„Darf ich vorlesen?“, meldete sich Joline.

„Wir sind gespannt“, sagte Herr Schmidt.

„Mit Überschrift?“

„Egal“, sagte Herr Schmidt, „lies einfach!“

„Also: *Wie konnten die Menschen vor 30 Jahren ohne Handy auskommen?* –

Also, ich finde, das ging bestimmt ganz gut. Man hat mehr so über Telefon gechattet oder mit Briefen."
Joline machte eine Pause und schaute hoch. Herr Schmidt zog die Augenbrauen weit nach oben. „Und weiter?"
„War das falsch?", fragte Joline. „Also, vielleicht konnten die Menschen auch nicht so gut leben. Ich weiß nicht. Aber sonst hätten sie die Handys ja nicht erfunden."
Die Klasse lachte.
„Mmh", machte Herr Schmidt. „Aaron, lies du bitte mal vor."
„Zu Befehl!" Aaron blätterte in seinem Hefter. „Die Menschen vor 30 Jahren benutzten schnurgebundene Telefone, um über eine größere Entfernung zu kommunizieren. Man unterhielt sich dabei vor allem über das Wetter. – Das hat mir meine Mutter gesagt."
„Schön, dass du dir die Mühe gemacht hast, Zeitzeugen zu befragen", sagte Herr Schmidt.
Aaron las weiter. „Ansonsten war das Leben aber wie immer: aufstehen, Zähne putzen, zur Schule gehen oder zur Arbeit, wenn man welche hatte. Zwischendurch etwas essen. Manche Menschen trieben sogar Sport, die

Playstation war ja auch noch nicht erfunden."
Die Klasse lachte wieder.
„Nun ja", sagte Herr Schmidt, „die Aufgabe war für ein Wochenende mit 32 Grad möglicherweise etwas zu anspruchsvoll."
Herr Schmidt nahm zwei Schuhkartons vom Tisch und stellte sich feierlich vor die Tafel.
„Beginnen wir also mit dem Experiment!"
Er hielt einen Karton in die Luft und schüttelte ihn, sodass man ein leises Rascheln hörte.
„28 Lose!", sagte er. „Und hier drin", er hielt den anderen Karton hoch, „befinden sich am Ende der Stunde 14 Handys. Anschließend verschwindet dieser Karton für zwei Wochen im Schulsafe."
Alle Augen richteten sich gespannt auf den Schuhkarton.
„Ich erinnere euch an eine wichtige Regel: Ihr dürft niemandem verraten, was ihr gezogen habt. Die Handyabgabe erfolgt geheim."
„Aber es ist doch sofort klar, wer kein Handy mehr hat", sagte Karla.
„Das gehört nun einmal zum Experiment", sagte Herr Schmidt. „In gewissem Sinne ist es ein Spiel."
Er stellte die Kartons wieder auf den Tisch.

„Jetzt bitte alle raus und einzeln nacheinander hereinkommen! Reihenfolge egal."
„Tolles Spiel, Herr Schmidt!", murmelte Johanna. Sie stand auf und verließ mit den anderen den Raum.

Vor dem Klassenraum wurde es eng. Tom schloss die Tür.
„Ich sage euch: Der Schmidt verkloppt unsere Handys heute noch bei E-Bay. Und morgen ist er schon auf den Bahamas."
Manche machten noch ein paar nervöse Witze, bis die Tür des Nachbarraums aufging und Frau Saalmann die Klasse mit einem leisen Räuspern zum Verstummen brachte.
„Der oder die Erste bitte eintreten", hörten die Schüler Herrn Schmidt durch die geschlossene Tür rufen.
„Ich würde sagen, der Klassensprecher zuerst", sagte Karla und schlug Aaron auf die Schulter.

Es herrschte angespannte Stille. Nachdem sich die Tür hinter Aaron geschlossen hatte,

drückte Tom sein Ohr dagegen in Erwartung eines sieghaften Jubelns – oder eines verzweifelten Aufschreis.
„Ich höre nichts“, flüsterte Tom.
„Warum machen wir den Scheiß eigentlich mit?“, fragte Johanna.
„Weil wir abgestimmt haben“, sagte Karla.
„Ich war aber dagegen“, maulte Johanna.
„Sind denn hier alle bescheuert?“
„Ich erkläre dir das, Johanna“, sagte Tom. Er legte ihr väterlich die Hand auf die Schulter. „Ein paar machen es wegen der Note, ein paar anderen ist es egal, weil sie sowieso zwei Handys haben.“ Tom grinste.
„Ich würde noch sagen“, ergänzte Nils, „die Hälfte der Mädels würde alles tun, was Schmidt will. Weil sie in ihn verknallt sind.“
„Na toll!“, sagte Johanna.
Leise wurde die Tür geöffnet.
„Und?“ Alle Augen richteten sich auf Aaron. Geräuschlos schloss er die Tür hinter sich. Er verzog keine Miene.
„MoHa, oder?“, fragte Johanna.
Vielsagend zog Aaron die Schultern hoch.
„Los, Pokerface, sag schon!“ Tom stieß ihn in die Seite.

„Der Nächste bitte“, hörte man von drinnen.
„Ich halte mich bloß an die Regeln“, sagte Aaron.
Joline verschwand im Raum.
„Ist doch klar“, sagte Karla. „Wer wird schon zugeben, dass er zu den Angearschten gehört?“
„Wenn ich abgeben muss, gehe ich zur Saalmann“, wetterte Johanna. „Meint ihr, Schmidt hat sein Experiment überhaupt bei der Schulleitung angemeldet?“
„Johanna!“, sagte Aaron. „Johanna, jetzt mach mal Pause!“

Aarons Auftritt hatte Maßstäbe gesetzt.
Jeder, der aus dem Raum kam, versuchte, ihn in seiner geheimniskrämerischen Gelassenheit zu übertrumpfen.
Doch das Spekulieren darüber, wer ab jetzt zu den MoHas und wer zu den Normalen gehörte, verlor mit jedem Schüler mehr und mehr an Reiz.
„Los, Johanna, mach hin! Es klingelt gleich!“, sagte Karla.
Tom drückte sein Ohr gegen die Tür.

„Jetzt geht's um Leben oder Tod", kommentierte er. Er hob die Hand, um die Klasse zum Schweigen zu bringen.
27 Schüler verfolgten in Gedanken Johannas Schritte von der Tür bis zum Lehrertisch. Deutlich sahen sie vor sich, wie Johanna Herrn Schmidt mit finsterem Blick ansah, dann angewidert die Hand in den Schuhkarton steckte und den letzten Zettel auseinanderfaltete.
„Achtung, Kreischattacke!", flüsterte Tom und dirigierte Johannas Einsatz in die Luft.
„Yeeaaah!!!" – Johannas Schrei war auch draußen noch so laut, dass Tom seinen Kopf ruckartig wegzog. Einen Moment später riss sie die Tür auf, sodass die Schüler auseinanderstoben. Lachend kam sie aus dem Klassenzimmer getänzelt.
„Yippie!!!" Triumphierend hielt Johanna ihr Handy in die Menge. „Ich bin kein MoHa!"

4

bitte alle posten, wer noch sein handy hat.

Auf Johannas Nachricht hatte bisher noch niemand reagiert. Eigenartigerweise. Seit Schulschluss hatte sie das alle drei Minuten überprüft. Dabei war die ganze Klasse in der Gruppe, in der sich die Nachrichten normalerweise im Sekundentakt auf das Display drängelten.

„Johanna, hilfst du mir bitte beim Essenmachen.“ Die Mutter lief geschäftig in der Küche hin und her.

„Gleich“, sagte Johanna.

„Du könntest schon mal die Tomaten abwaschen.“

„Gleich“, sagte Johanna.

hallo??? anybody out there?

wenn ich jetzt antworte, wüsstest du ja, dass ich zu den normalen gehöre.

hey tom! langsam wirst du mir sympathisch!

Die Mutter zog das Ladekabel des Handys aus der Steckdose, mit der Johanna wie durch eine Nabelschnur verbunden zu sein schien. Sie legte Johanna die Tomaten auf den Tisch.
„Waschen und vierteln, bitte!“
„Hey, ich habe nur noch drei Prozent“, sagte Johanna verärgert.
„Johanna, bitte leg das Handy weg. Seit der Schule hast du nichts anderes gemacht. Hast du keine Hausaufgaben?“
„Nein“, sagte Johanna. „Wir kriegen fast nie Hausaufgaben auf. Eine Minute noch!“
„Das hast du schon vor einer halben Stunde gesagt.“

kann es sein, dass wir die einzigen sind, die noch ein handy haben?

du meinst, schmidt hat uns reingelegt?

trau ich ihm zu.

„Johanna, ich gehe gleich an die Decke!“
„Mama, beruhige dich mal! Es ist wichtig!“
Die Mutter griff nach den Tomaten und hielt sie unter den Wasserhahn.

„Ich muss nur noch kurz Amelie anrufen“, sagte Johanna und stand auf.
„In fünf Minuten ist das Essen fertig!“, rief die Mutter ihr hinterher.

Amelies Festnetznummer – diesen Eintrag hatte Johanna noch nie gewählt. Ein Wunder, dass sie Amelies Nummer von zu Hause überhaupt im Adressbuch hatte.
„Amelie? Du bist MoHa, oder?“
„Tja“, sagte Amelie. „Mich hat's erwischt.“
„Du, in der Gruppe antwortet niemand! Nur Tom, der Spacken.“
„Ich habe gehört, es gibt eine neue Gruppe“, sagte Amelie.
„Echt? Und wieso weiß ich nichts davon?“
„Woher soll ich das wissen?“, erwiderte Amelie. „Ich gehöre ab jetzt zu denen, die sich erst einmal wieder mit Rauchzeichen verständigen müssen. Ich komme mir jetzt schon vor wie ein Neandertaler.“
„Back to Steinzeit“, lachte Johanna.
„Johanna, Essen!“, rief die Mutter aus der Küche und pochte ein paarmal gegen die Wand.

„Meine Mutter stresst“, sagte Johanna.
„Lass uns doch in der Passage treffen“, sagte Amelie. „Ich muss etwas mit dir besprechen.“
„Klingt geheimnisvoll. Was denn?“
„Nachher, okay? Bin in einer Stunde da.“
Die Verbindung brach ab. Johanna sah auf das erloschene Display und steckte das Ladekabel in die Steckdose.

5

„Schönes Oberteil“, sagte Aaron. „Steht dir.“
„Danke“, entgegnete Amelie. Aaron war plötzlich wie aus dem Nichts aufgetaucht. Sie schaute verlegen auf den Fußboden. Auch bei den Lerntreffen wurde sie verlegen, wenn er sie lobte. Aaron war ihr Mathe-Coach. In der Passage hatte sie nicht mit ihm gerechnet. Der Springbrunnen in der Mitte des Einkaufszentrums war ein Treffpunkt der Mädchen.
„Gehst du shoppen?“, fragte Amelie.
„Äh, nein“, sagte Aaron. Dann fiel ihm ein, dass er schon einen Grund angeben müsste, warum er hier zufällig vorbeikam.
„Ich muss etwas für meine Mutter erledigen“, sagte er. „Und du?“
„Ich warte auf Johanna.“
Aaron setzte sich neben Amelie. Er gab dabei ein Geräusch von sich, wie es alte Frauen machten, wenn sie sich mit ihren vollen Tüten hinsetzten, um sich vom Einkaufen auszuruhen. Die beiden beobachteten die Vorübergehenden.

„Kannst du etwas für dich behalten?“, fragte Aaron.
„Klar. Was denn?“
„Schwöre!“
Amelie hielt die Hand zum Schwur hoch.
„Ich bin ganz froh, dass mein Handy im Safe liegt. Schon wegen Johanna.“
„Johanna ist halt Johanna“, sagte Amelie. „Ich kenne sie seit der ersten Klasse.“
„Sie ist anstrengend“, sagte Aaron.
„Warum macht ihr dann immer diese Marathon-Chats?“, fragte Amelie.
Aaron sah einer Frau zu, die seit fünf Minuten bewegungslos auf ihr Handy starrte. Wenn man den Chat mit Johanna vom Wochenende ausdrucken würde, dann wär die Patrone leer.
„Keine Ahnung. Langeweile“, sagte Aaron.
Amelie hielt ihre Hand in eine der drei Fontänen, sodass das Wasser in die Gegend spritzte und eine Passantin einen erschrockenen Sprung zur Seite machte.
„Kannst du auch was für dich behalten?“, fragte Amelie.
„Klar!“
„Ich glaube, Johanna ist in dich verknallt.“
„Oh“, sagte Aaron. Er versuchte, seine Stim-

me so klingen zu lassen, als sei das für ihn eine Neuigkeit. Johanna schrieb ihm mitten in der Nacht Nachrichten wie ‚*Du bist so süß, Aaron*' oder ‚*Aaron, ich will dich!*' Er chattete mit ihr nicht aus reiner Langeweile. Es hatte seinen gewissen Reiz. Niemand sonst schrieb ihm so etwas. Smileys. Fotos mit Kussmund. Herzen. In der Schule spielte das alles aber keine Rolle. Da war Johanna wie immer. Im Grunde hätte er sich fragen können, ob die Johanna in seinem Handy überhaupt dieselbe war wie die Johanna aus seiner Klasse.

„Du könntest doch mal mit ihr ins Kino gehen", sagte Amelie.

„Keine Lust!", erwiderte Aaron.

Amelie beobachtete ihn unauffällig von der Seite. Die eingetretene Gesprächspause schien ihm unangenehm zu sein.

„Wann kommt sie denn?", fragte Aaron.

„Ich hoffe, bald", sagte Amelie.

„Dann gehe ich mal lieber." Aaron stand auf und ging in Richtung Ausgang.

„Mathelernen hat echt was gebracht!", rief Amelie ihm hinterher. Aaron hielt seinen Daumen hoch. Dann verschwand er in der Drehtür nach draußen.

Das mit Aaron. Sie musste es Johanna endlich erzählen. Weil sie ihre beste Freundin war. Oder besser: *Obwohl* sie ihre beste Freundin war? Dass ausgerechnet jetzt und hier Aaron vorbeigekommen war! *Johanna, komm endlich!*

Der kleine Junge neben Amelie ließ sein Eis fallen und schrie los.

Amelie griff in ihren Rucksack. Dann fiel ihr ein, dass auch ihr Handy in einem Schuhkarton im Schulsafe lag.

6

„Warte mal!“, rief Amelie. Sie beschleunigte ihre Schritte, bis sie Johanna eingeholt hatte.
„Du hast mich gestern voll versetzt.“
„Sorry“, sagte Johanna. „Ich war bei der Eis-Lagune. Dann fiel mir ein: Mist, Amelie hat ja kein Handy. Plötzlich ist Tom, die Nudel, da aufgetaucht. Und zu Hause hätte ich dich sowieso nicht mehr erreicht.“
Amelie lief wortlos neben Johanna her.
Eine Stunde hatte sie noch in der Passage gesessen. Und das hatte rein gar nichts damit zu tun, dass sie im Augenblick kein Handy hatte. Sondern einfach mit Johannas gnadenloser Unzuverlässigkeit.
Und dass sie ihr wichtige Neuigkeiten aus ihrem Leben erzählen wollte, das schien für Johanna völlig uninteressant zu sein.
Und überhaupt: Wie wäre denn die Situation mit Handy abgelaufen? Sie hätte in ihren Rucksack gegriffen, weil der gepiept hätte. *‚Bin an der Eis-Lagune. Passage ist zu heiß. Komm doch her!‘* – Amelie hätte *‚okay‘*

geantwortet und sich brav auf den Weg gemacht. Unterwegs hätte der Rucksack wieder gepiept. ‚*Bin jetzt wieder zu Hause. Der blöde Tom war da. Keinen Bock auf den Vollpfosten.*' – Amelie hätte wieder mit ‚*okay*' geantwortet und schließlich von Johanna eine Nachricht bekommen wie ‚*schreib mal, was es Neues gibt!*'.
„Bist du irgendwie sauer?", fragte Johanna, kurz bevor sie den Unterrichtsraum erreichten. Die Frage traf Amelie wie ein Gummihammer auf den Kopf. *Hallo? Merkst du noch was? Ich bin stinksauer!*
„Nicht so wichtig", sagte Amelie.
Dann sagte Johanna noch etwas. Und das fühlte sich an wie ein Schwert. Ein Schwert, das ihr ins Herz gebohrt, ein paarmal herumgedreht und dann ruckartig wieder herausgezogen wurde. Amelie sank auf ihren Stuhl.

Herr Schmidt räusperte sich. Sein Räuspern entfaltete nicht so eine starke Wirkung, dass eines davon genügt hätte, um die Klasse zur Ruhe zu bringen. Im Grunde hätte man annehmen müssen, Herr Schmidt sei stark

erkältet. So oft musste er sich manchmal räuspern.
Amelies Kopf durchzuckte wieder Johannas Bemerkung. ‚*Ich bin jetzt übrigens mit Aaron zusammen.*' – Jedes Wort dieses Satzes war wie ein Schwert gewesen. Dass sie so verwundbar war, war ihr noch nie so schmerzhaft bewusst geworden.
Herr Schmidt hielt eine Plastiktüte in die Luft, die zur Hälfte mit irgendetwas gefüllt war.
„In dieser Tüte …“, fing er an. Er machte eine Pause, was schließlich wirkungsvoller war als sein ganzes Räuspern.
„In dieser Tüte befindet sich der Grund, warum ich kein Handy besitze.“
„Sie haben kein Handy?“, fragte Karla.
„Glaube ich nicht.“
„Nicht mal ein gutes, altes 3310?“, hakte Tom nach. „Sollen wir für Sie sammeln?“
„Nein danke, Tom“, sagte Herr Schmidt. „Ich bin ohne Handy eigentlich ganz glücklich.“
„Aber natürlich verraten Sie uns nicht, was in der Tüte ist“, sagte Aaron. „Zuerst sollen wir unsere Vermutungen aufschreiben. Habe ich recht?“

„So ein Scheiß!“, wetterte Johanna. Amelie und Johanna saßen auf der Betonsäule am Müll. Amelie war mitgegangen. Aus Gewohnheit. Lieber hätte sie sich aber irgendwo verdrückt.
„Willst du wissen, was ich geschrieben habe, warum Schmidt kein Handy hat?“
Amelie hörte Johanna nur im Hintergrund. Es war ihr auch egal, dass Johanna auf ihrem Handy herumtippte, während sie mit ihr sprach.
Im Vordergrund waren diese bescheuerten Gedankenketten, die sie lähmten und ein Gespräch über irgendwelchen Unterrichtsunsinn unmöglich machten. In ihr kochte es. Aber es konnte nicht raus. Das war wie bei einem Schnellkochtopf.
Sie kannte dieses Gefühl gut. Besonders bei Johanna. Sie wollte auf sie sauer sein, aber sie durfte es nicht. Wie sie in der Grundschule um die Freundschaft mit Johanna gekämpft hatte! Alle wollten mit ihr befreundet sein. Johanna war geheimnisvoll, das fanden immer alle anziehend. Aber wenn man dann zu ihren Auserwählten gehörte, musste man auch eine Menge runterschlucken.

Und nun hatte Amelie auch ein Geheimnis. Aber das interessierte Johanna nicht die Bohne. Verdammt noch mal: SIE WAR AUCH in Aaron verliebt! Und das schon viel länger als Johanna. Sie hätte sich ohrfeigen können, dass sie das mit Johanna an Aaron weitergetratscht hatte. Das war schließlich nur ein Test gewesen. So genau hatte sie das gar nicht gewusst.
Und Aaron hatte sie eiskalt angelogen? Wahrscheinlich aus Mitleid. Wie peinlich! Sie müsste die Klasse wechseln. Am besten die Schule. Die Stadt, das Land. Auf eine einsame Insel. Wo sie ganz allein war. Nur sie und …

„Hi“, sagte Aaron.
„Keine Brezel?“, fragte Johanna. „Ich hab dir eine Nachricht geschrieben.“
„Tja!“, sagte Aaron und schaute verlegen. Amelie war so in ihren Gedanken versunken, dass sie Aaron erst bemerkt hatte, als er vor der Betonsäule stand. Sie sah Aaron nicht an. Es war bescheuert, so zu tun, als hätte man irgendetwas ins Auge bekommen.

„Aaron, willst du meine Theorie wissen?“, fragte Johanna. „Ich habe geschrieben, dass Schmidt seine ganzen unbezahlten Handyrechnungen in der Tüte aufbewahrt.“ Johanna lachte.
„Alles klar mit dir, Amelie?“, fragte Aaron.
Nun küsst euch schon, dachte Amelie.
Nehmt bloß keine Rücksicht auf mich!
Sie sprang von der Säule und lief ohne ein Wort in die Schule.

7

kann mal einer schreiben, was nochmal
die hausaufgabe war?

wir sollen ein protokoll machen,
wann und wie lange und wozu wir
das handy benutzen

gähn. schnarch

so geil, dass wir morgen erst
zur zweiten müssen!

arme mohas! die sind echt doppelt bestraft!

ich wette, nächste woche müssen
wir zur ersten und die mohas nicht.

weiß einer, warum wir morgen nicht kommen
müssen?

schmidt wird mit denen darüber
quatschen, wie geil das leben ohne
handy ist. ich sage euch: der will
mit den mohas 'ne sekte gründen.

wer von euch hat denn johanna in die gruppe
gelassen?

karla, du gesichtswurst!
DU bist ja wohl die abnormale.

johanna, du willst nicht wirklich wissen, was aaron über dich erzählt!

tom, bitte schmeiß mal die karla kulumna aus der gruppe! hey, wisst ihr spacken übrigens das neuste?

johanna, wir wollen es nicht wissen!

peace, leute! die normalen müssen zusammenhalten!

tom, du weichei! karla ist ja wohl antinormal.

johanna, mach lieber deine HA, anstatt hier rumzunerven.

morgen vielleicht. gucke gerade freaky friday. best film ever!

„Johanna!“, rief die Mutter verärgert. Sie schaltete den Ton auf stumm.
„Jetzt pack dein verdammtes Handy weg! Es vergeht keine Minute, in der du nicht an deinem Handy rumfummelst.“

„Papa hat doch auch ständig sein neues iPhone in der Hand."
„Ja, aber nicht am Familienabend", sagte der Vater. „Du wolltest doch, dass wir diesen Film sehen."
„Eben hast du auch …"
„Ich habe nur kurz eine wichtige Mail beantwortet. In der Firma geht es drunter und drüber."
„In der Schule geht es auch drunter und drüber", sagte Johanna.
„Es ist Familienabend!", sagte die Mutter. „Konzentrier dich doch mal auf den Film!"
„Ich bin halt multitaskingfähig", sagte Johanna.
„Ja, aber so macht das keinen Spaß", sagte die Mutter. „Du bist doch ganz woanders."
„Mit wem schreibst du dir denn da immer?", fragte der Vater forsch.
„Mit Freunden vielleicht?!", sagte Johanna und schaute genervt hoch.
„Triff dich doch lieber mit ihnen", sagte der Vater. „Du bist ja noch schlimmer als ich."
„Diese Handys sind eine Seuche!", sagte die Mutter.
„Mama, du redest wie Oma."

„Johanna", sagte die Mutter. „Ich würde mich gern mal mit meiner Tochter unterhalten, ohne dass sie ständig dieses bescheuerte Ding vor der Nase hat."
Johanna legte das Handy auf den Tisch.
„Also gut, worüber wollen wir reden?"
Auf dem Tisch vibrierte es.
„Das ist jetzt wichtig", sagte Johanna und griff nach dem Handy.
„Du brauchst echt eine Therapie", sagte die Mutter.
„Dann guckt den Film doch allein weiter!", rief Johanna. „Ihr braucht auch eine Therapie!"
Sie stand auf und ließ ihre Eltern allein im Wohnzimmer zurück.

„Sie war doch früher nicht so", sagte die Mutter.
„Da hatte sie auch noch keine Pubertät", erwiderte der Vater.
„Ich weiß gar nicht, ob sie überhaupt Freunde hat", sagte die Mutter. „Du bist ihr jedenfalls kein gutes Vorbild."
„Ohne Handy geht es halt nicht mehr", sagte der Vater. „Sieh es doch mal so: Für die Kom-

munikation im 21. Jahrhundert ist Johanna bestens gewappnet."
„Als ob man weniger Chancen im Leben hätte, wenn man nicht andauernd Nichtigkeiten in ein blödes Gerät reintippt."
„Ach, komm, Mona!", sagte der Vater. „Sie hat einfach das Gefühl, etwas Wichtiges zu verpassen – ohne Handy."
„Aber sie merkt nicht, dass sie *mit* Handy alles Wichtige verpasst", sagte die Mutter. „Wenn du damals im Tanzkurs ständig an einem elektronischen Ding rumgefummelt hättest, dann hätten wir uns wahrscheinlich nie kennengelernt."
„Zum Glück gab es damals noch keine Handys." Der Vater legte den Arm um sie.
„Gab es schon", verbesserte die Mutter. „Aber die waren nur zum Telefonieren da."

noch wach, aaron?

nein, ich schlafe schon

träumst du von mir? ;-)

bis jetzt noch nicht

8

„Tom?“ Amelie saß auf der Bank vor der Schule. Es war halb acht und bis jetzt war sie die Erste.

„Du hast doch zur Zweiten, Tom!“

„Amelie, du kriegst nicht mehr so viel mit, oder?“, sagte Tom. „Offiziell bin ich MoHa.“

„Und wo ist Aaron?“

„Aaron?“, sagte Tom verwundert. „Der kann ausschlafen.“

„Aber …“, fing Amelie an, sprach den Satz jedoch nicht zu Ende.

‚Ich bin ganz froh, dass mein Handy im Safe ist‘, hatte Aaron gesagt. Sie war in einen Lügner verknallt!

„Ohne Handy kriegst du nur zehn Prozent von der Realität mit“, sagte Tom. Und Amelie hatte plötzlich das Gefühl, dass das stimmte. Sie war nicht so abhängig wie Johanna oder Tom. Aber dass man ohne dieses Ding wie ein Depp dastand, war eine sehr unangenehme Nebenwirkung.

„Der Schmidt soll mal schön sein Experiment machen“, sprach Tom weiter. „Ich werde

gleich erzählen, dass ich endlich mal wieder einen schönen Abend mit meinen Eltern hatte. Und wie lehrreich es war, mich einen ganzen Abend mit ihnen zu unterhalten. Ohne diese schrecklichen, neumodischen Geräte."
„Das nennt man Heuchelei, oder?"
„Das ganze Leben ist Heuchelei", sagte Tom. „Ich sage Schmidt doch nur, was er hören will. Das machen doch alle. Ständig erzählen alle doch nur, was die Lehrer hören wollen."
Tom hatte sich zu Amelie auf die Bank gesetzt. Sie war überrascht, dass man sich mit Tom auch mehrere Sätze am Stück unterhalten konnte. Jetzt sprach sie den Satz von vorhin doch noch zu Ende.
„Aber Aaron hat zu mir gesagt, sein Handy sei im Safe."
Tom zog die Stirn hoch und grinste.
„Ich zeig dir mal was." Er sah sich um und holte ein Buch aus der Tasche. Er klappte es auf, legte geheimnisvoll das Handy hinein und rief irgendeinen Chat auf.
„Nicht weitererzählen, okay?" Er hielt Amelie das getarnte Handy zum Lesen hin.

Der Tag hatte für Amelie wegen des herrlichen Wetters gut angefangen. Sie hatte mit ihrem Vater gefrühstückt und war trotz der ganzen Sache mit Johanna und Aaron einigermaßen zufrieden in die Schule gegangen. Und jetzt, noch bevor die Schule losging, wurde sie wieder reingedrückt in diesen Schlamm aus Gerüchten und Intrigen. Was der und der über den und den geschrieben hatte. Diese blöden Erzähl-das-bitte-nicht-weiter-Geschichten, die einem immer nur zum Weitertratschen anvertraut wurden.
„Morgen, Herr Schmidt!“, rief Tom dem Lehrer zu, der mit seinem Fahrrad über den Hof fuhr.
Herr Schmidt winkte den beiden kurz zu.
„Wir lernen noch ein bisschen!“, rief Tom über den Hof. „Für Englisch.“
Amelie hatte genug von diesen Geschichten. Sie wollte nicht lesen. Aber sie tat es trotzdem. Und klar: Es war ein Fehler!
Wie gelähmt blieb sie noch auf der Bank sitzen, als Tom und die anderen längst nach drinnen gegangen waren. Irgendwann trottete sie hinterher.
Der Schultag zog an ihr vorbei wie ein grauer Nebel.

9

Mathe gehörte nicht mehr zu Amelies größten Sorgen. Ganz abgesehen davon, dass sich schlechte Zensuren unter den vielen anderen Problemen, die man haben konnte, ohnehin relativierten. Aber der letzte Mathetest war in Ordnung gewesen. Dass sie heute wie jeden Mittwoch und manchmal samstags zu Aaron ging, um von ihm in die Geheimnisse der Mathematik eingeweiht zu werden, das hatte vor allem einen ganz anderen Grund.
„Hi, Amelie", sagte Aaron.
Sie würde ihn zur Rede stellen! Wegen dieses Chats mit Johanna, den Tom ihr zu lesen gegeben hatte. Und das schlechte Gewissen stand ihm bereits ins Gesicht geschrieben. Den ganzen Tag hatte sie ihn ignoriert. Sie war sich auch nicht sicher gewesen, ob Aaron sie zur gemeinsamen Mathestunde heute überhaupt empfangen würde.
„Hi", sagte Amelie trocken.
Sie hatte sich vorgenommen, ihm keine Szene zu machen. Aber jetzt hatte sie das

Gefühl, dass sie durch die Tür, durch die sie eben Aarons Wohnung betreten hatte, in spätestens einer halben Stunde heulend wieder aus der Wohnung herausrennen würde.

Wie ein kleiner Lehrer schlug Aaron das Mathebuch auf und schob es ihr über den Küchentisch hin. Warum hatte sie sich überhaupt in diesen kleinen Klugscheißer verliebt? Aber da war auch diese erwachsene und manchmal fürsorgliche Art. So wie er ihr jetzt ein Glas Apfelsaft einschenkte – gentlemanhaft, dachte Amelie kurz.

Doch dann schlug sie das Buch mit einem heftigen Schlag zu, schob es zu ihm zurück und sah Aaron, der ihr gegenübersaß, fest in die Augen.

„Warum hast du mich angelogen?“, fragte sie.

„Es tut mir leid“, sagte Aaron. „Ich wollte zu den MoHas gehören. Verstehst du das?“

Amelie fixierte Aaron mit ihrem Blick. Sie versuchte, sich ihre Irritation nicht anmerken zu lassen. Richtig, es waren ja mehrere Lügen, die es hier aufzuarbeiten gab. Aaron hatte sich bei ihrer Frage wohl zunächst für

die verzeihlichere von beiden entschieden. Gut, dann würden sie also zuerst über die Handy-Lüge sprechen.
„Aber warum hast du dich als MoHa ausgegeben?“, fragte Amelie. „Es war doch klar, dass das rauskommt.“
Aaron betrachtete den Deckel des Mathebuchs, als würde er über die darauf abgebildeten geometrischen Figuren meditieren.
„Hallo?“, fragte Amelie. „Hast du mich gehört? Warum hast du …“
„Deinetwegen“, unterbrach Aaron sie und sah ihr ins Gesicht.
Amelie zog die Augenbrauen hoch.
„Meinetwegen?“, fragte sie. Sie wollte sich sicher sein, dass sie sich nicht verhört hatte.
„Ja, Mann, deinetwegen.“
„Meinetwegen“, sagte Amelie noch einmal feststellend.
„Ja“, sagte Aaron. „Ich wollte diese Handylosigkeit mit dir gemeinsam erleben.“
‚Aus welcher Serie hast du denn diesen hirnlosen Satz?‘, wollte Amelie fragen, hielt sich dann aber doch zurück.
Einerseits war sie entzückt über dieses eigenartige Bekenntnis von Aaron, andererseits

schoss ihr ein Fetzen aus Aarons nächtlichem Chat mit Johanna durch den Kopf.

*aaron, würdest du mit mir s** wollen, wenn wir irgendwo allein wären?*

aber nur safe. wegen aids.

Sie würde Aaron darauf sicher nicht ansprechen. Mal abgesehen davon, dass er diese '*gemeinsame Handylosigkeit*' wohl auch nicht durchgehalten hatte.
„Außerdem wollte ich Johanna loswerden", sagte Aaron. „Das habe ich dir doch erzählt."
Schon wieder gelogen, dachte Amelie.

willst du noch mal raus?

wohin denn? johanna, es ist nacht!

in 20 minuten in der alten brauerei?

Amelie war kurz davor, diesen Dialog, der sich in ihr Gehirn eingebrannt hatte, laut vor Aaron aufzusagen.
„Johanna ist wahnsinnig", sagte Aaron.
„Und warum bist du mit einer Wahnsinnigen

zusammen?“, fragte Amelie. Jetzt war sie doch auf das Eigentliche gekommen. Ihre Stimme wurde erregter und dem Heulen war sie auch schon recht nahe.
„Zusammen? Mit Johanna? Ich?“ Aaron lachte.
„Hör doch endlich auf, zu lügen“, rief Amelie. „Johanna hat mir erzählt, dass ihr zusammen seid.“
„Vielleicht glaubt sie das“, sagte Aaron. „Aber ich schwöre dir: Zwischen mir und Johanna ist nichts.“

okay. in 20 minuten.

Damit hatte der Chat geendet. Alles Weitere war seit heute Morgen in Amelies Fantasie wie ein Film in 100 verschiedenen Variationen abgelaufen.
„Johanna kann gar keine reale Beziehung zu irgendjemandem haben“, sagte Aaron. „Ihr Leben besteht nur aus Chats.“
„Vor allem aus Chats mit dir“, sagte Amelie. *„Aber nur safe. Wegen Aids“*, schob sie noch hinterher, um Aaron eine weitere Lüge zu ersparen.

„Tom, oder? Tom hat dir das gezeigt. Versteh doch mal: Das war nur ein Chat. Nur ein Chat! Johanna hat mit diesem Spiel angefangen. Ich habe halt mitgemacht. Aber nur aus Langeweile. Das war nichts Reales. Glaubst du wirklich, ich würde mich mit Johanna nachts in einer verlassenen Brauerei treffen?"
Amelies Gesichtsmuskeln lockerten sich, während Aaron sprach. Er hatte sie die ganze Zeit angesehen.
‚Wenn einer lügt, dann schaut er meistens nach unten', dachte Amelie.
Sie konnte sich vorstellen, dass Johanna in ihrem Chat-Wahn wirklich dachte, sie sei mit Aaron zusammen. Für Johanna war das wahr, was auf ihrem Display stand. Man hörte ja ab und zu von Leuten, die sich in Internetbekanntschaften verliebten und sich dabei so hineinsteigerten, als sei das wahre Liebe. Obwohl sie nicht einmal sicher sein konnten, mit wem sie es in Wahrheit zu tun hatten.

Sie sprachen noch eine Weile über Johanna. Aaron musste Amelie versprechen, dass er ihr nicht weiter etwas vormachte.

„Hast du am Freitag schon was vor?“ Aarons Frage kam unerwartet und beendete das Thema Johanna. „Vielleicht hast du Lust, mit zur Flugausstellung zu kommen. Mein Vater bekommt immer Freikarten dafür.“
„Warum nicht“, sagte Amelie. Sie hätte Aaron auch um den Hals fallen können. Und wenn sie ehrlich nachrechnete, dann war das ihr allererstes Date mit einem Jungen überhaupt.
„Tom kommt auch mit“, sagte Aaron. Er sagte es so, dass klar war, dass er auch gern mit ihr allein gegangen wäre. Aber Tom konnte er natürlich jetzt nicht mehr absagen.
Bei der Vorstellung, dass sie sich zu dritt trafen, tat ihr Johanna plötzlich ein bisschen leid. Eigentlich war sie verdammt allein in ihrer ärmlichen Welt, die aus nicht viel mehr als aus einer schicken Handtasche, Schminksachen und einem Handy bestand.

Amelie verließ Aarons Wohnung nicht heulend, sondern mit einem guten Gefühl im Bauch und dem festen Entschluss, mit Johanna die Sache noch am selben Tag zu klären. Das gehörte zu Freundschaft dazu.

10

Wie verabredete man sich mit jemandem, wenn man kein Handy hatte und der, wie Johannas Mutter am Telefon erzählte, sich im Zimmer eingeschlossen und laut Musik aufgedreht hatte?

„Schieben Sie ihr doch bitte einen Zettel unter der Tür durch: Sie soll um Punkt 18.00 Uhr in der Passage sein“, hatte Amelie die Mutter gebeten.

Amelie saß am Springbrunnen und ließ die Uhr an der Säule nicht aus den Augen.

Wenn Johanna wieder nicht kommen würde, dann wäre das eben so. Sie hätte jedenfalls alles versucht.

Johanna kam. Sie schien vergnügt.

„Hi, Amelie“, sagte sie und redete sofort weiter. „Tom hat gerade geschrieben, dass Karla was mit Nils angefangen hat. –
Mein Gott, Nils tut mir jetzt schon leid!“

Sie setzte sich zu Amelie an den Springbrunnen.

„Du glaubst gar nicht, was du alles verpasst. Sei froh, dass in zehn Tagen der Spuk vorüber ist. Bis du dein Handy wiederhast, halte ich dich auf dem Laufenden."

„Hi, Johanna", sagte Amelie ernst. Sie wollte gleich zur Sache zu kommen, aber mit Johannas Anwesenheit zerschmolz ihr Mut schlagartig wie ein Eis auf einer Herdplatte. Johanna war der Boss in ihrer Freundschaft.

„Ich muss dir auch noch was ganz Extremes von Aaron erzählen", sagte Johanna und scrollte auf ihrem Display herum.

Johanna bemerkte nicht, dass Amelie immer noch zur Uhr starrte und ihre Neuigkeiten mit keiner Miene kommentierte.

„Ich wollte etwas mit dir bereden", sagte Amelie.

„Cool!", sagte Johanna und stand auf. „Komm, lass uns mal bei H&M reinschauen, ich zeig dir mein Traumoberteil."

Wie ein kleines Hündchen war sie hinter Johanna hergetrottet. Amelie hätte sich ohrfeigen können! Johanna hielt sich ein Oberteil vor den Körper.

„Wenn du wissen willst, warum ich *solche* Ringe unter den Augen habe, dann frag mich mal, was letzte Nacht los war.“
„Das ist ganz okay“, sagte Amelie.
„Ganz okay?“, rief Johanna. „Das Teil ist hypermegastylisch!“
Sie kramte ihr Handy aus der Handtasche.
„Oh! Nils schreibt gerade, dass das mit Karla ein Gerücht ist.“
„Warum interessiert dich eigentlich, was zwischen Nils und Karla läuft?“, fragte Amelie. „Du findest doch beide scheiße.“
„Oh, mein Gott!“, rief Johanna. „Spacko-Tom schreibt, dass sein Bruder sein Handy zurückhaben will. Ich lach mich krank!“
„Kauf das Ding doch, wenn es dir so gut gefällt“, sagte Amelie.
„Warte mal! Ich antworte nur kurz.“ Sie tippte einen Satz in ihr Handy und hielt Amelie das Oberteil hin. „Soll ich mir das kaufen?“
„Wenn es dir gefällt“, sagte Amelie teilnahmslos. Johanna hängte es mit einem abwertenden Blick zurück auf die Kleiderstange.
„Irgendwie aber auch zu billig!“, sagte sie.
„Wie war es gestern eigentlich bei Schmidt in der MoHa-Stunde?“

„Keine Ahnung“, sagte Amelie. „Gehen wir ins ‚Café Blue‘? Ich würde mich gern setzen.“

„Alles klar mit dir?“, fragte Johanna. „Du bist so ernst.“
Amelie war froh, dass sie jetzt an einem Tisch saßen und Johanna sie angucken musste. Sie wartete noch, bis der Kellner die Eisbecher gebracht hatte und gegangen war.
„Du und Aaron“, fing Amelie an, „zwischen euch ist eigentlich gar nichts, oder?“
„Also, wenn du meinst, dass das ‚nichts‘ ist, dann zeige ich dir mal was.“ Johanna wollte gerade nach ihrem Handy greifen, das neben dem Eisbecher auf dem Tisch lag.
„Lass doch mal das Handy!“, sagte Amelie. Sie fand, dass sie wie ihre Mutter klang.
„Schmidt hat euch eine Anti-Handy-Droge verabreicht, oder?“ Johanna grinste. Amelie deutete nur ein kurzes Schmunzeln an.
„Hör zu, Johanna“, sagte Amelie. Jetzt klang sie wie eine Super Nanny aus dem Fernsehen. Aber das war ihr egal. Schließlich war Johanna ein harter Fall, über den man sicherlich eine eigene Serie drehen konnte.

„Ich wollte dich das eigentlich schon lange fragen: Findest du nicht, dass du es mit deinem Handy etwas übertreibst? Was machst du denn noch außer chatten? Früher haben wir coole Sachen gemacht. Wir sind durch die Gegend gezogen, haben Leute besucht. Wir haben eine Million Bilder aus der ‚Bravo' ausgeschnitten. Wir sind durch den Wald gerannt und haben den Hund von Flo gesucht. Wir haben uns verlaufen und waren erst nachts zu Hause."
Jetzt schaute Johanna Amelie irritiert an.
Als das Handy auf dem Tisch mit einer neuen Nachricht vibrierte, zuckte sie kurz mit der Hand, ließ es aber liegen.
„Hast du in der letzten Zeit mal irgendwas Richtiges erlebt? Irgendetwas, das sich außerhalb deines Handys abspielt?"
Johanna schwieg. Mit so einer Standpauke hatte sie wohl nicht gerechnet.
„Und jetzt sage ich dir noch etwas, Johanna." Amelie atmete tief durch. „Du bist *nicht* mit Aaron zusammen. Und du warst es auch nie. Aaron ist auch nicht in dich verknallt. Wenn du nicht immer auf dein Handy gucken würdest, sondern auch mal den Leuten ins

Gesicht, dann würdest du das auch bemerken."
Amelie spürte ihr Herz pochen. Das alles hatte sie tatsächlich gerade gesagt!
Es entstand eine Pause. Johanna schaute durch sie hindurch. Dann hob sie den Arm und winkte den Kellner zum Bezahlen heran.
„Ich hole mir doch dieses Teil", sagte sie.

Das war es wohl, dachte Amelie. Sie hätte sich umdrehen und Johanna einfach stehen lassen sollen. Nur aus Höflichkeit ging sie noch ein paar sinnlose Schritte neben Johanna zu dem Klamottenladen her, während diese ihr Handy vor den Mund hielt und eine Sprachnachricht in die Gruppe der sogenannten ‚Normalen' absetzte.

Karla, du Torfnase, nicht einmal Nils will dich!

Sie standen vor H&M. Wie bei der Begrüßung winkte Johanna ihr vergnügt zu.
„Ciao, Amelie! Was machst du am Freitag nach der Schule so?"

Amelie verließ die Passage. Sie fühlte sich leer. Mit Freundschaft hatte das nicht mehr viel zu tun. Das, was ihr an Johanna einmal aufregend und geheimnisvoll vorgekommen war, erschien ihr jetzt nur noch als vollkommene Oberflächlichkeit. Und sie ärgerte sich. Warum hatte sie nicht irgendetwas von Lernen oder Familienfeier erfunden? Stattdessen hatte sie, ehrlich wie sie war, Johanna von der Flugausstellung erzählt. Sie hatte noch kurz gehofft, dass Johanna abfällig über diesen ‚gehirnamputierten Flugshow-Mist' herziehen würde.
Aber Johanna hatte gesagt: „Cool, ich komme mit."
Und sie hatte ihr das nicht einmal auszureden versucht, sondern auch noch gesagt: „Okay, wenn du willst. Aaron hat Freikarten."
Dass das völlig bescheuert war, war Amelie schon im selben Moment bewusst geworden. Aber dass diese Einladung absolut katastrophale Folgen haben würde, wurde ihr erst am nächsten Tag klar.

11

„Wirklich ein geiles Teil“, sagte Tom. Aaron, Tom, Amelie und Johanna stiegen über die Gangway aus dem kleinen Düsenflugzeug heraus, das sich wahrscheinlich nur Ölscheichs oder russische Milliardäre als privaten Luxus leisten konnten.
Aaron hatte Johanna am Eingang mit einer freundlichen Geste die Eintrittskarte gegeben. Mit wenigen Worten hatte Amelie erklärt, warum Johanna plötzlich aufgetaucht war. Aaron konnte neutral sein wie ein Diplomat. Amelie fand das imponierend.
Sie schlenderten über das Rollfeld, auf dem vielleicht 50 Flugzeuge in allen Größen herumstanden.
„Aaron, in ein paar Jahren machen wir eine Firma auf und dann kaufen wir uns auch so einen Learjet“, sagte Tom. „Der macht 800 km/h. Damit sind wir in drei Stunden auf den Bahamas.“
„Nicht ganz“, sagte Aaron.
„Nimm mal Mathestunden bei Aaron“, sagte Amelie.

„Ich werde Pilot“, sagte Tom.
„Doch nicht mehr Lokführer?“, spottete Johanna.
„Wisst ihr eigentlich“, sagte Aaron und blieb stehen, „dass die Menschen das Fliegen gelernt haben, das ist für mich die entscheidende Wende in der Evolution.“
„Klugscheißer“, sagte Tom.
„Was ist für dich denn die entscheidende Wende in der Evolution?“, fragte Aaron.
„Kein Ahnung“, sagte Tom. „Ich finde die ganze Evolution scheiße.“
„Super Antwort“, sagte Amelie.
„Tja“, sagte Tom, „Johanna würde wahrscheinlich sagen: Das Geilste an der Evolution ist, dass man mit irgendwelchen Leuten aus China über das Wetter auf den Fidschi-Inseln chatten kann.“
„Jetzt hör mal auf, zu nerven“, sagte Johanna. „Ihr habt ja keine Ahnung, dass ich mal der absolute Flugzeugfreak war.“
„Du?“, rief Aaron.
„Ich liebe Flugzeuge“, erwiderte Johanna. „Als ich am Stadtrand gewohnt habe, hatte ich den direkten Blick auf den Flughafen. Ich habe ewig am Fenster gesessen und

mir die Starts und Landungen angeguckt. Flugzeuge sind für mich Freiheit."
„Hört, hört", sagte Tom. „Johanna offenbart eine ganz neue, philosophische Ader."
„Nerd!", sagte Johanna. „Ich meine: Du kaufst dir einfach ein Ticket und … zosch … bist du weg. Also, wenn hier alles so richtig kacke ist, dann steigst du in so ein Teil und flatterst einfach irgendwo anders hin."
„Meinetwegen", sagte Tom. „Aber wisst ihr, was wir vorher machen? Du und Amelie, ihr stellt euch jetzt mal hier bei den Bratwürsten an. Und Aaron und ich gehen zu diesem süßen Helikopter da drüben."

„So ein Obermacho", sagte Amelie.
„Sage ich doch schon immer", sagte Johanna.
Sie stellten sich in die Schlange. Sie war jetzt mit Johanna allein. Der Konflikt mit ihr war wie ausgeblendet. Johanna wirkte auf ungewohnte Weise klar und aufgeräumt.
„Weißt du", sagte Johanna, „ich habe darüber nachgedacht. Also, was du mir gestern gesagt hast."

„Und?“, fragte Amelie. Sie spürte ein Glücksgefühl in sich aufsteigen. Nun würden alle auf ihre Weise glücklich werden können.
„Ich war vielleicht etwas fies zu dir die letzten Tage. Aber du hast Recht damit.“
„Womit denn?“, fragte Amelie. Ihr war nicht mehr klar, worauf Johanna hinauswollte.
„Das mit Aaron und mir“, sagte Johanna.
„Ich weiß: Ich muss einfach mehr um Aaron kämpfen.“
War Amelie vor Sekunden noch einigermaßen zufrieden mit der Situation, so fühlte sie sich plötzlich eingenebelt von einem Gefühl des totalen Gar-nichts-mehr-Verstehens.
„Und ob du mir glaubst oder nicht“, sprach Johanna weiter, „ich habe heute extra mein Handy zu Hause gelassen.“
„Ketchup oder Senf?“, fragte der Mann hinter dem Grill.
„Ich will Aaron ins Gesicht sehen, wenn er mir sagt, dass er mich liebt“, sagte Johanna.
Jetzt wird es schräg, dachte Amelie.
Johannas Gerede hatte ihren Verstand nun völlig vernebelt. Sie klang wie eine Wahnsinnige aus einem Psychofilm.
„Macht hin, Mädels! Ketchup oder Senf?“

Amelie bestellte viermal Senf und gab dem Mann ihren Geldschein.
Amelie stand wie in Trance da, als Aaron und Tom ihr die Bratwürste aus der Hand nahmen.
„Geiles Objekt, der Heli“, sagte Tom.
„Jetzt“, sagte Aaron, „kommen wir zum Höhepunkt unser heutigen Mission.“
Er zeigte auf ein riesiges Flugzeug, das am anderen Ende des Ausstellungsgeländes stand.
„Das größte Passagierflugzeug der Welt!“, sagte Aaron. „Und da gehen wir jetzt hin!“

Die vier hatten die riesige Treppe in das Flugzeug erklommen und nun standen sie auf dem Oberdeck des A380, im Salon der Business Class. In der Mitte befand sich eine ovale Bar in elegantem Beige.
„Wie in einem Luxushotel“, sagte Aaron.
Sie setzten sich auf die Barhocker und klappten die ledernen Getränkekarten auf.
„Was macht dein Vater noch mal beruflich?“, fragte Tom.
„Er verkauft Sicherheitstechnik für Flughäfen“, sagte Aaron.

„Ich bestelle jetzt mal eine Runde Cola für alle“, verkündete Johanna.
„Ich wollte eigentlich ins Cockpit“, sagte Aaron.
„Jetzt lass uns hier mal ein bisschen chillen“, sagte Tom.
„Dann gehe ich allein“, sagte Aaron und stand auf. „Wartet ihr hier?“
„Ich komme mit“, sagte Amelie. Sie sprang von dem Barhocker und lief Aaron hinterher.

Das Flugzeug kam ihr so lang vor wie ein ICE.
„Sicherheitstechnik hin oder her“, erklärte Aaron, „wer es unbedingt darauf anlegt, der kriegt hier ganz locker eine Bombe an Bord – meint mein Vater.“
Sie waren an der Spitze angekommen.
Es ging noch eine kleine Treppe hinauf und dann standen sie im Cockpit.
Unzählige Displays, Tastaturen, Knöpfe, Schalter und Hebel zogen sich von der einen Seite bis zur anderen über die gesamte Front.
„Sieht kompliziert aus“, sagte Amelie.
Aaron setzte sich auf den linken Pilotensitz und legte seine Hand auf einen Hebel.

„Und wie fliegt man damit jetzt los?“, fragte Amelie.
„Geht alles automatisch, meint mein Vater. Irgendeiner dieser 1 000 Knöpfe wird wohl der Startknopf sein.“
Amelie fragte sich, wie es sein konnte, dass die Besucher hier ungehinderten Zutritt hatten.
„Da ist er“, sagte Aaron und deutete auf einen kleinen Knopf. „Du bist jetzt meine Kopilotin.“
Aaron nahm Amelies Hand und führte ihren Zeigefinger langsam zu dem Knopf hin. Amelie ließ es geschehen. Aarons Hand war warm und weich. Eben hatte sie noch hinter ihm gestanden, doch durch die Bewegung und einen inneren Anstoß glitt sie jetzt sanft auf Aarons Schoß. Er hielt immer noch ihre Hand und führte seinen Arm um ihre Taille. Amelies anderer Arm schlang sich wie von selbst um seinen Hals. Nun saßen sie fest zusammengezurrt auf dem Pilotensitz wie ein gut verschnürtes Gepäckstück. In Amelie puckerte es, als hätte ihr Herz vier Hochleistungsturbinen zu versorgen.
Fertig machen zum Abflug, dachte Amelie und schloss die Augen. Im gleichen Moment

versank sie mit einem langen, befreienden Kuss in Aarons Gesicht. Sie hoben ab. Sie flogen über Wiesen, Gebirge und Meere. Ein unbeschreiblich friedliches Gleiten, das sie innerhalb von Sekunden über sämtliche Schönheiten dieser Erde trug. Amelie krallte sich an Aaron fest. Sie waren frei.

Sie spürte es an Aarons Kuss und an seinem plötzlich unbewegten Körper, dass irgendetwas nicht stimmte. Sie öffnete die Augen und sah, dass Aaron nach oben blickte. Aus 10 000 Meter Höhe schlug der Airbus auf die knallharte Betonpiste der Wirklichkeit auf. Amelie schaute hoch. Johanna stand im Cockpit.

12

Amelie schreckte hoch. Der Radiowecker schaltete gerade auf 0.30 Uhr um. Irgendetwas war gegen ihr Fenster geflogen. Sie war schweißgebadet. Soeben hatte ihr Gehirn ihr die Szene von gestern im Cockpit noch einmal als horrormäßigen Albtraum erzählt. Zum Schluss hatte Johanna begonnen, mit einem Feuerlöscher das Cockpit zu zertrümmern.

Zack! Wieder flog etwas an die Scheibe.

Die Bilder der schreienden Johanna verflogen und machten Platz für die echten Erinnerungen. Johanna hatte nichts zertrümmert, nicht geschrien, nicht mal eine Szene gemacht. Sie hatte nur dagestanden und ausdruckslos durch Aaron und sie hindurchgeguckt.

Amelie taumelte zum Fenster. Unten stand jemand und winkte wie ein Betrunkener zu ihr hoch.

„Amelie! Lass mich mal rein! Es ist dringend!“

Sie öffnete das Fenster.

„Schrei nicht so! Meine Eltern wachen auf.“

Sie griff nach ihrem Bademantel und hastete

lautlos die Treppe nach unten zur Haustür hinunter. Anders als durch etwas außergewöhnlich Dringendes war dieser nächtliche Besuch nicht zu erklären. Sie ließ Tom herein und machte ein Zeichen, ihr geräuschlos nach oben zu folgen.
Amelie schloss die Tür und schaltete die Nachttischlampe ein.
„Wirst du verfolgt?", fragte sie.
Tom war völlig außer Atmen und ließ sich auf das Bett fallen.
„Die Alte ist komplett gestört", sagte er.
„Wer jetzt?", fragte Amelie.
„Johanna natürlich! Ich habe mir gedacht, bei so einem Spruch, da kannst du doch unmöglich weiter ‚Scream II' zocken."
Tom hielt Amelie sein Handy hin.
„Das hat sie vor zehn Minuten in der Gruppe gepostet."
Amelie las Johannas Mitteilung. Sie ließ das Handy in ihren Schoß sinken. Ihre Hände begannen, zu zittern.
„Scheiße!", rief sie. „Ruf sie an!"
Auch ihre Stimme zitterte.
„Ihr Handy ist aus", sagte Tom.
„Johannas Handy ist nie aus", sagte Amelie.

„Was hat sie vor?“, fragte Tom.
Amelie blickte immer noch auf das Display.

Leute, mir ist gerade klar geworden, wie scheiße ich bin. Vergesst das hier mit dem ganzen Kack, den ich geschrieben habe, okay? Ich werde jetzt auf eine kleine Reise gehen. Ich habe gehört, es soll weniger Probleme geben da oben. Aber stellt hier bitte keine Blumen auf die Brücke, sonst kommen die Omis mit ihren Hunden nicht mehr durch. Sorry noch mal, okay? Sagt Amelie, dass es mir leidtut (bitte nicht vergessen!). J.

„Was meint sie denn mit ‚dem ganzen Kack‘?“, fragte Amelie.
„Oh, oh, das möchtest du lieber nicht wissen“, sagte Tom. „Johanna hat den ganzen Abend echt viel Scheiß über dich geschrieben.“
Plötzlich sprang Amelie auf.
„Ich weiß, wo sie ist“, rief sie.
Sie griff in ihre Nachttischschublade, blätterte mit einer Hand in ihrem Kalender und tippte mit der anderen eine Nummer in Toms Handy.
„Sie ist auf der Fußgängerbrücke über die Bahngleise“, sagte sie. „20 Minuten von hier.“

„Vielleicht will sie sich auch nur mal wieder wichtigmachen“, sagte Tom.
Amelie drückte das Handy gegen ihr Ohr.
„Hallo?“, sagte sie mit zittriger Stimme.
„Entschuldigen Sie bitte die späte Störung. Hier ist Amelie.“

13

Johanna hörte das Quietschen einer Fahrradbremse. Ein Drahtesel, der gegen das Metallgeländer gelehnt wurde. Irgend so ein Wichser, der sie jetzt gleich blöd anmachen würde, dachte sie. Die Schritte hinter ihr verstummten. Dann eine Stimme.
„Hallo, Johanna! So ein Zufall!“
Sie sah sich nicht um. Es wäre völlig bescheuert, jetzt irgendwie erstaunt zu tun. In so einer Situation sollte einen nichts mehr zum Erstaunen bringen. Johanna beschloss, nicht zu antworten. Sie war schließlich nicht in der Schule. Die Person zu der Stimme setzte sich neben sie auf den Boden. Die ganze Situation wurde auf einmal sehr schräg.
„Es gibt Leute, die mich deinetwegen mitten in der Nacht anrufen. Nur weil ich zufällig um die Ecke wohne.“
Lehrer, die auf jugendlich machten, waren eigentlich schon peinlich, dachte Johanna. Aber Lehrer, die sich nachts im Schneidersitz auf Fußgängerbrücken zu ihren Schülern setzten, waren wahrscheinlich noch ein

ganzes Stück abartiger. Sie dachte kurz darüber nach, aufzustehen und zu sagen: ‚Alles klar, Herr Schmidt, ich wollte hier nur etwas frische Luft schnappen.'
In ihrem Gehirn schossen die Gedanken wüst durcheinander. Wie auf einem Schlachtfeld, wo keiner mehr wusste, wer eigentlich der Feind war. Sie wollte es Aaron zeigen, sie wollte es Amelie zeigen, sie wollte es ihrer Mutter zeigen. Schmidt war egal, aber sonst wollte sie es allen zeigen – dieser ganzen bescheuerten Welt.
„Wenn da einer runterspringt", sagte Schmidt, „dann geht sicher auch sein Handy kaputt."
Sehr witzig, Herr Schmidt, dachte Johanna. Es nervte sie, dass ihr Lehrer hier so lockere Sprüche raushaute. Vor allem, weil das so leicht durchschaubar war. Er meinte wohl, er könne sie damit aufmuntern, nur damit sie hier vor ihm jetzt kein Blutbad anrichtete.
„Mein Handy habe ich da eben runtergefeuert", sagte Johanna und zeigte auf die Bahngleise. „Sind Sie jetzt zufrieden?"
„Oh", sagte Herr Schmidt.
„Ohne Ihr tolles Experiment wäre das alles überhaupt nicht passiert."

„Das musst du mir erklären“, sagte Herr Schmidt.
„Das werden Sie Montag schon mitbekommen“, erwiderte Johanna.
Unter der Brücke ratterte ein Zug durch.
„Sie sind mich doch so oder so los“, sagte Johanna. „Wegen diesem ganzen Scheiß mit Amelie fliege ich doch eh von der Schule.“
„Ich habe keine Ahnung, welchen ‚ganzen Scheiß mit Amelie‘ du meinst“, sagte Herr Schmidt. „Aber wenn du jetzt springst, wirst du mit Sicherheit nicht von der Schule fliegen, sondern um dich herum 1 000 traurige Menschen hinterlassen. Sie werden bis zu ihrem Tod mit einem riesigen Fragezeichen im Kopf herumlaufen.“
Johanna nahm eine Flasche Wasser aus ihrer Handtasche. Sie trank sie in einem Zug leer. Sie hatte wahnsinnigen Durst.
„Ich erzähle dir jetzt mal eine Geschichte“, sagte Herr Schmidt.

Nach der Geschichte von Schmidt war die richtige Stimmung zum Runterspringen irgendwie verflogen. Außerdem hätte sie

das wahrscheinlich sowieso nie gemacht. Auch ohne Schmidt. Das war ihr schon in dem Moment klar gewesen, als ihr Handy unten auf den Gleisen aufgeschlagen war. Aber Schmidts Geschichte war wirklich rührend gewesen, fand Johanna. Und ja: Sie passte tatsächlich verdammt gut zu ihrer eigenen Situation. Komisch, dass es einen aufbaute, wenn man hört, dass es anderen auch scheiße gehen kann.
Irgendwann ging es nur noch darum, Schmidt zu überzeugen, dass er sie nicht zu Hause bei ihren Eltern abliefern würde. So nach dem Motto: ‚Ich habe hier Ihre Tochter mitten in der Nacht auf 'ner Brücke aufgegabelt, von der sie gerade runterspringen wollte.'
Aber das gelang ihr am Ende doch. Er sollte nur Amelie und Tom Bescheid geben, dass alles in Ordnung sei. Schmidt hatte eine erstaunlich gute Einschätzung für Leute. Das fand Johanna am Ende dann doch ziemlich beeindruckend.
Und ganz am Schluss hatte sie, das war ihr ein wenig peinlich ‚Vielen Dank, Herr Schmidt' gesagt. – Sie fand ihn jetzt nicht mehr so bescheuert, sondern eigentlich sogar ganz okay.

14

Das ganze Wochenende war für Amelie so bewegend gewesen, dass sie sich nicht hätte ausmalen können, dass die nächsten Tage noch turbulenter werden könnten. Wenn sie Freitagnacht gewusst hätte, was für Gerüchte Johanna nach der Flugzeugausstellung aus Rache über sie verbreitet hatte, dann hätte sie sie wahrscheinlich eiskalt von der Brücke springen lassen.

hey, wollt ihr neuigkeiten wissen? amelie ist schwanger! und jetzt ratet mal von wem.

Der Chat hatte sich über das ganze Wochenende hingezogen. Ein paar hatten Bilder von schwangeren Bäuchen, von Geschlechtsteilen und ein Pornovideo mit entsprechenden Kommentaren drangehängt.
Und in dieser Flut an obszönen Posts war Johannas letzte Nachricht völlig untergegangen. Die meisten hatten nicht mehr gelesen, sondern nur noch drauflos gepostet. Bis auf Tom. Und dafür war Amelie ihm jetzt dankbar.

Tom hatte ihr nur Andeutungen gemacht, worum es da gegangen war, um sie zu schonen. Dann war am Samstag der handgeschriebene Brief von Johanna gekommen. Ihr sei auf der Brücke allerhand klar geworden, hatte sie geschrieben. Sie hatte Amelie um Verzeihung gebeten und versprochen, sie würde von nun an eine andere Johanna sein. Und am Montagmorgen vor der ersten Stunde hatten Amelie und Johanna sich in den Armen gelegen. Johanna hatte geweint und Amelie hatte ihre Entschuldigung, die sichtlich von Herzen kam, angenommen.
Die Leute in der Klasse waren nicht alle auf demselben Stand. Karla brachte es fertig, ihr hämisch ‚alles Gute!' zu wünschen. Und Nils hielt es noch für witzig, sie zu fragen, ob es ein Junge oder ein Mädchen werden würde.

Herr Schmidt musste sich heute nicht räuspern. Mit dem Klingeln wurde es still. Allen war klar, dass Herr Schmidt alles wusste und wahrscheinlich sogar noch mehr.
„Zum Beginn der zweiten Hälfte des Experiments", fing Herr Schmidt an, „muss ich fest-

stellen, dass Handys die Welt nicht besser gemacht haben. Man kann damit sicherlich ganz leicht Dinge an die große Glocke hängen, aber ich glaube: Konflikte kann man besser durch persönliche Gespräche bewältigen. Wahrscheinlich ist allen klar, dass man durch so eine Sache, durch solche Gerüchte, Mitmenschen gehörig ins Abseits drängen kann oder sie zumindest sehr verletzt."
Ein paar sahen zu Amelie hinüber.
„Aber ich glaube fest daran, dass alle von euch irgendwann zu vernünftigen Menschen werden. Menschen, die wissen, worauf es in dieser verdammt kurzen Zeit, die wir hier unten auf der Erde haben, ankommt."
Herr Schmidt ging vor der Tafel hin und her.
„Ich habe lange darüber nachgedacht, was ich heute mit euch machen soll. Einen Zeitungsartikel über Mobbing lesen? Oder euch einen Vortrag über Handysucht halten?"
Herr Schmidt ließ seine Fragen im Raum verklingen.
„Nun, ich habe mich dafür entschieden, mit euch über das hier zu sprechen."
Herr Schmidt legte eine Folie auf den Projektor; an der Wand erschien ein einziger Satz:

Für einen einzigen Tag ohne diese Geräte würde ich mein Leben geben.

Es blieb still.
„Verstehe ich nicht", meldete sich Joline. „Wieso will man sterben, nur um ohne Handys leben zu können?
„Mit ‚Geräte' sind keine Handys gemeint", sagte Herr Schmidt.
Er nahm das Blatt von der Folie, das ein Foto verdeckt hatte. Jetzt sah man das Passbild eines lächelnden Jungen.
„Der Satz stammt von einem 10-jährigen Jungen", sagte der Lehrer. „Von Paul. Paul hat einen tödlichen Herzfehler. Ohne die Geräte stirbt er. Das weiß Paul. Trotzdem möchte er ohne diese Geräte leben, auch wenn er dann sterben würde. Nur einen einzigen Tag unabhängig sein von der Technik, die ihn am Leben erhält. Und ich frage euch: Warum?"
Das Bild des lächelnden Jungen, der todkrank war, machte alle in der Klasse betroffen. Herr Schmidt sprach weiter.
„Paul war zwei Jahre lang abhängig von Maschinen. Und weil er weiß, dass Leben

unter Abhängigkeit von Maschinen kein Leben ist, möchte er wissen, wie sich Freiheit anfühlt. Aber für Paul ist Freiheit etwas anderes als für euch. Wir leiden nicht unter Diktatoren, die uns das Leben schwer machen. In ein paar Jahren könnt ihr dank der Demokratie, in der wir leben, wählen gehen. Und wenn ihr Lust habt, könnt ihr euch in ein Flugzeug setzen und hinfliegen, wo immer ihr wollt. – Was glaubt ihr, würde Paul an diesem Tag machen, wenn er sich von all den Schläuchen und Drähten losmachen könnte? Ist hier irgendjemand, der meint, Paul würde an diesem Tag ein bisschen chatten, ein bisschen zocken und dann wieder ein bisschen am Handy rumdaddeln?"

Es war klar, dass Schmidts Fragen nicht zum Antworten gedacht waren und dass sein Vortrag den Rest der Stunde bis zum Klingeln andauern würde.

„Paul wusste viel besser, was Leben ist, auch wenn er viel jünger war, als ihr es seid."

„Hat Paul denn noch einen Tag ohne Geräte bekommen?", fragte Karla in die Stille hinein.

„Nein. Er blieb bis zu seinem Tod an die Maschinen angeschlossen. Er hat nicht einmal den kommenden Tag, nachdem er diesen Satz gesagt hatte, überlebt."

In der Klasse wurde es so still, dass alle ihr eigenes Atmen hören konnten. Amelie sah, dass nicht nur sie mit den Tränen rang, sondern Joline, Karla und die anderen auch.

„Wir sind abhängig davon, dass unsere Organe funktionieren", sagte Herr Schmidt, „und dass wir zu essen bekommen. Irgendwann sind wir auch abhängig davon, einen Job zu haben, mit dem wir uns und irgendwann auch unsere Kinder ernähren können. Und wir sind auch abhängig davon, dass wir Menschen haben, die uns lieben. Das genügt an Abhängigkeiten!"

Den letzten Satz hatte Herr Schmidt aufgebracht in die Stille hineingerufen. Er stand jetzt mitten im Klassenraum und sah kurz auf seine Armbanduhr.

„Aber kein Mensch will doch abhängig sein von Geräten!"

Herr Schmidt ging nach vorn zu seinem Tisch und ordnete seine Sachen.

„Mann, Herr Schmidt", sagte Karla, „erzählen Sie uns morgen mal wieder eine lustige Geschichte?"

Der Lehrer zog die Stirn hoch und sah mit starrem Blick durch die Klasse hindurch. Man bemerkte, dass ihn seine eigene Ansprache sehr mitgenommen hatte. Er wirkte sichtlich erschöpft.
Aaron stand auf.
„Lieber Herr Schmidt. Ich glaube, wir haben verstanden, was Sie meinen. Als Klassensprecher würde ich der Klasse Folgendes vorschlagen.“ Aaron drehte sich zur Klasse. „Wie wäre es, wenn wir in der zweiten Woche *alle* unsere Handys abgeben?“
In der Klasse setzte ein Gemurmel ein, das innerhalb von wenigen Sekunden immer lauter wurde. So laut, dass kaum einer bemerkte, dass Frau Euler, die stellvertretende Direktorin, hereingekommen war. Leise hatte sie zu Herrn Schmidt irgendetwas gesagt.
In der Pause sprach sich herum, dass die Schulleiterin Herrn Schmidt zu einem Gespräch zu sich bestellt hatte.

15

„Herr Schmidt, was ist in der 9a los? Seit Frau Reimers erkrankt ist, herrscht dort das blanke Chaos.“ Frau Saalmann sah nicht zu dem jungen Referendaren hoch, der gerade das Direktorenzimmer betreten hatte.
„Das finde ich etwas übertrieben“, sagte Herr Schmidt.
Jetzt gab die Schulleiterin Schmidt ein Zeichen, ihr gegenüber Platz zu nehmen.
„Die Eltern haben sich beim Schulrat beschwert. Gestern am Sonntag haben sie bei ihm angerufen. Bei ihm zu Hause!“
„Oh“, sagte Herr Schmidt.
„Warum wurde ich nicht über dieses ‚Experiment‘ informiert?“, fragte die Schulleiterin.
„Aber ich habe Sie doch informiert“, wandte Schmidt ein. „Alles stand in dem Schreiben, das ich Ihnen vorgelegt habe.“
Frau Saalmann schaute irritiert.
„Ihr Schreiben kenne ich nicht. Habe ich mich denn dazu geäußert?“
„Nein“, sagte Herr Schmidt. „Deshalb ging ich ja davon aus, dass das in Ordnung geht.“

„Irrtum!“, rief Frau Saalmann. „Ohne mein ausdrückliches Einverständnis geht hier gar nichts in Ordnung!“
„Das war mir nicht klar“, sagte Herr Schmidt.
„Aber Ihnen ist hoffentlich klar, dass Ihr Experiment mächtig aus dem Ruder gelaufen ist. Ich muss Ihnen wahrscheinlich nicht die anzüglichen Bilder zeigen, die von Schülern herumgeschickt wurden, oder?“
„Die Bilder haben doch nichts mit dem Experiment zu tun“, sagte Herr Schmidt.
„Im Gegenteil.“
Die Schulleiterin griff nach ihrem Füllfederhalter und umschloss ihn fest mit ihrer Hand.
„Lieber Herr Schmidt. Sie sind zwar noch in der Ausbildung, aber Ihnen hätte klar sein müssen, dass Sie die Eltern um ihr Einverständnis hätten bitten müssen. Der Einzug der Handys über einen so langen Zeitraum ist ein Eingriff in die Privatsphäre der Schüler und vor allem ihrer Eltern.“
„Wir haben in der Klasse abgestimmt und …“
„Sie widersprechen mir schon wieder, Herr Schmidt“, rief die Schulleiterin erbost.
„Ich verstehe, dass Sie etwas gegen diese schreckliche Handyseuche unternehmen

wollen. Aber mit solchen Methoden überschreiten Sie Ihre Amtskompetenzen."
Herrn Schmidt erschien es aussichtslos, der Schulleiterin das Ziel des Experiments zu erklären. Dass es bei dem Selbstversuch darum ging, die Schüler zum verantwortungsvollen Umgang mit ihren Handys zu erziehen.
„Herr Schmidt, wir schätzen Sie als jungen Kollegen, der hier in diesen verstaubten Seniorenschuppen etwas Schwung reinbringen will. Aber wir sind immer noch eine öffentliche Schule mit klaren gesetzlichen Vorgaben. Und darunter fallen solche gut gemeinten Experimente mit Entzug von Privatgegenständen über einen so langen Zeitraum auf überhaupt gar keinen Fall."
Herr Schmidt hatte ruhig zugehört und starrte auf den Schreibtisch der Schulleiterin wie ein Schüler, den man beim Rauchen auf dem Schulhof erwischt hatte.
„Wir warten ab, wie sich der Schulrat in dieser Sache äußert", sagte Frau Saalmann.
Das Telefon sirrte. Die Schulleiterin hob den Hörer ab und gab Herrn Schmidt ein Zeichen, den Raum zu verlassen.

16

An manchen Schulen konnte man den Vertretungsplan über das Handy abrufen. Aarons Freunde aus dem Verein schwärmten seit Jahren von diesem Luxus. Man musste nicht um halb sieben aufstehen, um dann eineinhalb Stunden später zu erfahren, dass man noch ewig hätte weiterschlafen können. Aber an der Helmholtz-Schule ging das natürlich nicht. Warum auch immer.
Der Gang zur Mitteilungswand war deshalb immer so ähnlich wie das Freirubbeln eines Gewinncodes. Mit ein bisschen Glück gab es Freistunde statt Chemie oder sogar den Hauptgewinn: Schulschluss um 12 Uhr.
Heute verzeichnete der Plan allerdings nur einen Trostpreis. Erste Stunde: Ausfall.
‚Die 9a geht bitte in den Aufenthaltsraum.‘
Herr Schmidt war nicht da. Dass Aaron jetzt eine Stunde Zeit mit Amelie hatte, schien ihm zunächst nicht das Schlechteste zu sein. Verstörend aber war der Zettel, der neben dem Vertretungsplan hing, auf den er jetzt seit einer Minute starrte.

„Hast du das schon gelesen?“, rief er Amelie zu, die in ihrem Schließfach kramte.

Die Schülerinnen und Schüler der 9a holen heute in der großen Pause bei mir persönlich ihre Handys ab. – Saalmann

„Was hat das denn zu bedeuten?“, fragte Amelie. Unauffällig griff sie nach seiner Hand.
„Keine Ahnung“, sagte Aaron. Er sah sie ratlos an und erwiderte ihren zärtlichen Händedruck.

„Seid mal bitte alle leise“, rief Aaron.
Im Aufenthaltsraum war die ganze Klasse versammelt.
„Ich schätze, das Experiment ist zu Ende“, sagte Karla.
„Sieht wohl so aus“, sagte Aaron.
„Ich habe gelesen, Schmidt soll fliegen“, rief Joline.
„Die wollen Schmidt feuern?“, rief Karla.
„Hauptsache, ich habe mein Handy wieder“, sagte Tom.
„Idiot!“, rief Aaron. „Ich denke, wir müssen etwas unternehmen.“

„Was denn unternehmen?“, fragte Karla. Ihre Frage blieb im Raum stehen. Alle verstummten, denn plötzlich stand Frau Saalmann in der Tür zum Aufenthaltsraum.
„Die 9a, nehme ich einmal an?“, sagte Frau Saalmann.
„Was ist denn mit Herrn Schmidt?“, fragte Johanna.
Die Schulleiterin sah sich in der Runde um. „Krank“, sagte sie ungerührt. „Ihr denkt bitte in der Pause daran, zu mir zu kommen.“
Frau Saalmann machte auf ihrem Absatz kehrt. Ihre Schritte verhallten im Gang.
„Wenn ihr mich fragt“, sagte Amelie, „da ist doch was faul.“
Aaron stand auf. „Ich schlage vor: Krisensitzung heute nach der Schule bei mir.“
Johanna stand ebenfalls auf.
„Wie wäre es denn bei mir?“, sagte sie.
„Ich denke, du hasst Schmidt?“, sagte Karla.
„Schon mal was davon gehört“, erwiderte Johanna, „dass Menschen ihre Meinung auch ändern können?“
„Von mir aus auch bei Johanna“, beendete Aaron die Diskussion.

17

Dicht an dicht saßen sie um den Tisch in Johannas Küche. Aaron schlug mit dem Löffel gegen sein Glas.

„Okay, Leute, wir sind immerhin zu zehnt. Lasst uns anfangen!“

„Hat die Saalmann in der Pause noch irgendetwas zu euch gesagt?“, fragte Karla.

„Nein“, sagte Aaron. „Sie hat uns einfach unsere Handys zurückgegeben. Gegen Unterschrift.“

„Habt ihr sie nicht noch einmal nach Schmidt gefragt?“, erkundigte sich Nils.

„Doch, aber sie meinte, er sei krank und alles Weitere ginge uns nichts an.“

„Ich finde, wir sollten Unterschriften sammeln“, sagte Joline. „Die geben wir bei der Saalmann ab.“

„Glaubst du, die Saalmann interessiert sich für unsere Unterschriften?“, fragte Tom.

„Und wenn wir alle zu ihr gehen würden?“, schlug Amelie vor. „Wir sagen ihr: Schmidt muss bleiben. Sonst …“

„Sonst was?“, unterbrach sie Karla.

„Sonst streiken wir“, sagte Amelie.
Karla zog die Augenbrauen hoch.
„Ich kann mir nicht vorstellen, dass die Saalmann das stören würde“, sagte sie.
„Ich weiß etwas richtig Geiles“, rief Johanna. Bisher hatte sie sich zurückgehalten. Jetzt drehten sich alle zu ihr um.
„Also“, fing sie an. „Wir machen den gigantischen Mega-Flashmob. Wo 10 000 Leute auf einmal anfangen, tierisch rumzuzappeln oder so.“
„Klar!“, sagte Tom. „Und wo sollen die 10 000 Leute herkommen?“
„Keine Ahnung“, sagte Johanna. „Über Facebook vielleicht? Ich habe über 3 000 Freunde.“
„Johanna!“, sagte Tom. „Mindestens 99 Prozent deiner sogenannten ‚Freunde‘ kommen aus allen möglichen Ländern. Singapur oder den Vereinigten Arabischen Emiraten. Die werden sich sicherlich nicht für Herrn Schmidt in ihren Learjet setzen und hierher fliegen.“
„Also doch Unterschriftenliste?“, fragte Aaron.
„Tom, gib mal bitte dein Handy“, sagte Johanna.

„Wieso meins?“, erwiderte Tom. „Was ist denn mit deinem?“
„Kaputt“, sagte Johanna.
Mit zögernder Bewegung schob Tom sein Handy über den Tisch. Alle in der Runde sahen Johanna wortlos dabei zu, wie sie mit fanatischer Geschwindigkeit auf Toms Handy herumtippte. Schließlich legte sie es mit einem zufriedenen Lächeln zurück auf den Tisch.
„Leute, die Aktion SMB hat soeben begonnen.“

Tom nahm sein Handy und überflog den Text. „Gar nicht mal so schlecht“, sagte er und grinste. Im selben Moment meldeten sämtliche Handys im Raum das Eingehen einer Nachricht. Reflexartig griffen alle in ihre Tasche.
„Du hast eine Einladung für die Gruppe ‚Aktion SMB‘“, las Amelie.

> *An alle Helmhöltzer! Fügt alle von der Helmholtz dieser Gruppe zu! ES EILT! Herr Schmidt soll fliegen. Dagegen müssen*

wir etwas tun! Morgen um 8 Uhr Flashmob auf dem Schulhof. Lasst alle eure Handys an! Geht NICHT rein! Morgen früh kommen weitere Instruktionen!
SCHMIDT MUSS BLEIBEN!

„Meint ihr, das funktioniert?“, fragte Nils.
„Cool, Johanna!“, sagte Aaron. „Gute Aktionen verbreiten sich innerhalb von Stunden über den ganzen Globus. Denkt mal an die Geschichte, bei der sich die halbe Welt einen Eimer Wasser über den Kopf gekippt hat.“
„Aber was soll denn morgen auf dem Schulhof laufen?“, fragte Amelie. „Hast du da schon irgendwas im Kopf?“
„Mir fällt schon noch was ein“, sagte Johanna.

Johannas Mutter bot sich ein sonderbarer Anblick, als sie ihre Küche betrat. Zehn Jugendliche saßen um den Tisch und tippten wortlos auf ihren Handys herum. Keiner bemerkte sie, nur ihre Tochter schaute sie an und schenkte ihr ein Lächeln, was selten geworden war. Ein Lächeln, das sagen sollte:

‚Schau, Mama, wir sind alle so verrückt! Das ist normal bei uns.‘ – Würde sie das je verstehen?
Geschwister, Freunde und Bekannte aus anderen Klassen – alle wurden der Gruppe ‚Aktion SMB‘ hinzugefügt.
Im Sekundentakt gingen nun auch Kommentare ein.

cool! bin dabei

geile sache! machen wir!

schmidt is the best!

Sie leerten noch zwei Karaffen mit Saft, die wie von Geisterhand plötzlich auf dem Tisch gestanden hatten.
Irgendwann rief Amelie: „Wahnsinn!“ und Tom verbesserte: „To–ta–ler Wahnsinn!“

Als sich die Krisensitzung um 18 Uhr auflöste, hatte die Gruppe bereits 713 Mitglieder. Aaron stellte fest, dass das fast die ganze Schule sein müsste.
„Die Aktion wird Hammer“, sagte Johanna.

16

Normalerweise hasteten um kurz vor acht nur noch die letzten Langschläfer gestresst über den Schulhof. Doch heute Morgen war der Platz vor der Schule voll wie bei einem Feueralarm. Alle taten so, als sei Pause und die allermeisten hielten ihr Handy versteckt in der Hand.

Aaron, Tom, Johanna und Amelie standen auf der Betonsäule am Müll. Von hier aus hatten sie den Schulhof gut im Blick.

„Es scheint wirklich zu klappen“, sagte Amelie.

Am Schultor tauchten ein paar Lehrer auf, die sich ratlos ansahen und hilflose Gesten machten. Einer von ihnen klatschte in die Hände, eine ältere Lehrerin winkte mit den Armen, um die Schüler zum Eintreten in die Schule zu bewegen. Aber keiner reagierte.

Die letzten Anweisungen hatten Johanna und Tom um halb acht in der Gruppe veröffentlicht.

„Meinst du nicht, die Anweisung war etwas zu kompliziert?“, fragte Tom.

„Mann, Tom, die Leute sind doch nicht doof“, sagte Johanna. „Vertrau mir: Das wird geil!“
„Okay“, sagte Aaron. „Ich glaube, jetzt sind alle so weit. Setz das Startsignal ab, Tom!“
„Jetzt?“, fragte Tom.
„Klar, Mann. Los!“, befahl Johanna.
Tom schickte die Nachricht ab, die nur aus einem einzigen Wort bestand:

JETZT!

Einen Augenblick lang geschah gar nichts. Alle liefen durcheinander wie bisher. Doch dann begann sich der konfuse Ameisenhaufen einer ganzen Schule in Sekundenschnelle zu ordnen. Die Leute stellten sich in 20 endlose Reihen nebeneinander auf und streckten, wie es in den Instruktionen gestanden hatte, ihre Arme zur Seite aus.
„Wow!“, rief Aaron, der sonst nur schwer zu beeindrucken war. „Ein einziger Befehl und 800 Leute verwandeln sich in ferngesteuerte Roboter.“
„Die Flugshow beginnt“, sagte Johanna.
Nun begannen alle, mit den Armen zu wedeln. Wie Kinder, die Flugzeug spielten.

Gleichzeitig rannte die erste Reihe los, direkt auf das Schulhaus zu. Die anderen Reihen folgten flügelschlagend hinterher. Diejenigen, die vorn ankamen, rannten an der Seite wieder zurück nach hinten und formierten sich dort zu einer neuen Reihe.
Inzwischen hatten einige begonnen, die verabredete Losung zu rufen. Zuerst nur leise, dann stimmten immer mehr mit ein.
Erst klang es wie eine Wortsuppe, doch schließlich sortierte sich das aus 800 Stimmen bestehende Sprachgewirr. Jetzt war die Botschaft klar und deutlich zu verstehen:

„Wenn Schmidt fliegt – dann fliegen wir alle!
Wenn Schmidt fliegt – dann fliegen wir alle!
Wenn Schmidt fliegt – dann fliegen wir alle!“

„Ist das geil!“, rief Tom. Er umarmte Johanna. Dann umarmte Amelie Aaron. Und schließlich umarmten sich alle vier.
Für einen Auftritt in einer Fernsehshow hätte man das Ganze noch etwas üben müssen. Hier und da stolperten ein paar Leute übereinander, aber der Effekt war überwältigend. In der ersten Etage hatten es sich ein paar Lehrer an den geöffneten Fenstern bequem

gemacht. Die meisten lachten, einige tänzelten sogar herum und wedelten fröhlich mit ihren Armen mit. Frau Saalmann, die sich zwischendurch kurz an ihrem Fenster gezeigt hatte, war nicht mehr zu sehen.

Der Flashmob dauerte vielleicht drei Minuten, dann mündete das Gerenne, Gerufe und Geflatter in ein riesiges Durcheinander.
„Jetzt deine Rede, Aaron“, sagte Amelie.
Aaron holte das Megafon aus der Plastiktüte, das er noch am Vorabend von seinem Trainer ausgeliehen hatte. Er richtete es auf den Schulhof und hielt sich das Mikrofon vor den Mund.
„Liebe Mitschüler! Ich als Klassensprecher der 9a sage Danke an alle demokratischen Schüler der Helmholtz-Schule.“
Alle Schüler drehten sich zu den vieren um.
„Ihr habt bewiesen“, sprach Aaron weiter, „dass ihr Demokratie verstanden habt. Denn schließlich sind WIR das Volk!“
„Das versteht doch keiner“, sagte Johanna. „Gib mal her!“
Johanna griff nach dem Mikrofon.

„HALLO? Eins, zwei, drei, Test."
Ein ohren-betäubendes Fiepen schallte über den Schul-hof.
„Oh, sorry!", rief Johanna durch das Megafon. „Hey, ihr Spacken! Hier ist Johanna. Schmidt ist okay! Was ich sagen will, ist: Lasst euch so coole Lehrer wie den Schmidt nicht einfach so wegnehmen. Schließlich brauchen wir coole Lehrer! Ich gebe ja zu: Ich habe bei ihm im Unterricht meistens nur gechattet. Aber heute Nacht – heute Nacht hatte ich einen Traum."
„Johanna, trägst du jetzt nicht etwas zu dick auf?", fragte Amelie.
„Quatsch!", sagte Johanna. „Heute Nacht saß ich im Cockpit eines Düsenjets und habe mich gefragt: Wo fliegst du jetzt am geilsten hin? Und dann habe ich bestimmt den halben Traum überlegt: Scheiße, wo fliegst du jetzt nur hin? Und dann ist mir im Traum ein Satz von meinem Opa eingefallen. Der war Pilot. Und der hat mal zu mir gesagt: *‚Johanna, fliegen kann jeder. Aber landen – das können nur ganz wenige.'* Und dann in meinem Traum, da habe ich überhaupt erst kapiert, was mein Großvater damit gemeint hat. Und

am Ende meines Traums bin ich einfach aus dem Jet ausgestiegen und habe mir gesagt: Johanna, du fliegst jetzt nirgendwohin, sondern du bringst hier erstmal deinen Scheiß in Ordnung."

„Johanna, das kapiert doch keiner", sagte Tom und wollte gerade nach dem Mikrofon greifen.

„Lass sie mal!", sagte Amelie.

Johanna sprach weiter.

„Leute, was ich eigentlich sagen will: Dieses ganze Chatten und Zocken, das ist doch ein echter Scheiß gegen das, was Freunde einem geben können. Also jedenfalls, wenn man welche hat. Und weil Schmidt einfach mal ein saucooler Lehrer ist, ist für mich völlig klar: *SMB! Schmidt muss bleiben!* Okay? – Danke fürs Zuhören."

19

Alle rechneten damit, dass Frau Saalmann gleich nach dem Ende der Aktion in der 9a aufkreuzen und den Verantwortlichen eine ordentliche Standpauke halten würde. Aber keiner aus der 9a hatte damit gerechnet, dass Herr Schmidt heute in der Schule war. Und weil es so überraschend war, erhoben sich alle Schüler von ihren Plätzen und brachen in einen tosenden Applaus aus, als Herr Schmidt den Klassenraum betrat.
„Hey, Herr Schmidt!“, rief Tom. „Sie sind wieder da?“
Der Lehrer gab ein Zeichen, den Applaus zu beenden. Alle setzten sich wieder hin; es wurde still.
„Ich bin beeindruckt“, sagte Herr Schmidt.
„Nun seien Sie mal nicht so bescheiden“, sagte Karla. „Sie sind stolz auf uns, oder?“
Herr Schmidt strahlte tatsächlich. Dass er wirklich verdammt stolz auf seine 9a war, konnte er nicht verheimlichen.
„Ja, ich gebe es zu: Ich bin gerührt“, sagte er. „Ihr schafft es ja kaum, eine Seite Haus-

aufgaben runterzuschreiben. Aber ihr kriegt es hin, 800 Schüler zusammenzutrommeln für so eine …"
„Ultrageile Aktion?", rief Nils.
„Ja", sagte Schmidt, „das war wirklich ziemlich gut eingefädelt."
„Dank dieser modernen Erfindung hier", sagte Tom und hielt sein Handy in die Luft.
„War übrigens Johannas Idee", ergänzte Amelie. „Dürfen Sie denn nun bleiben?"
„Nun ja", sagte Herr Schmidt. Seine Stimme bekam einen ernsten Ton und brachte alle wieder zum Verstummen. „Wer hat euch eigentlich erzählt, dass ich fliegen soll?"
„Wollte die Saalmann Sie nicht feuern?", fragte Karla. „Wegen des Experiments?"
„Also, sie hat mir keinen Orden verliehen", sagte Herr Schmidt. „Aber von Entlassung war eigentlich keine Rede. Das muss wohl ein Gerücht gewesen sein."
Die Schüler sahen sich reihum in ihre verdutzten Gesichter. Es entstand ein Gemurmel. Irgendetwas hatte irgendjemand in einer Gruppe angedeutet und am Ende war das mit Schmidts Entlassung doch ziemlich klar gewesen.

„Wir haben gedacht, Sie kommen nie mehr wieder“, sagte Karla. „Waren Sie denn gestern wirklich krank?“
„Ich vermute“, sagte Herr Schmidt, „ich habe neulich Nacht zu lange draußen auf einer Brücke gesessen. Dabei habe ich mich wohl etwas unterkühlt. Nicht weiter schlimm.“
Es entstand eine Pause.
„Ist das Experiment denn jetzt vorbei?“, fragte Joline.
„Fürs Erste ja“, sagte Herr Schmidt.
„Schade“, sagte Amelie.
„Finde ich auch“, sagte Johanna.
Aus der hinteren Reihe kamen ein paar künstliche Lacher.
„Ey, ihr Wurstnasen“, rief Johanna nach hinten. „Mir hat es wirklich was gebracht!“
„Wir machen natürlich noch die Auswertung“, sagte Herr Schmidt.
„Eine Frage hätte ich aber noch, Herr Schmidt“, sagte Tom.
„Heb sie dir auf, Tom“, sagte Herr Schmidt und zeigte auf seine Uhr. „Jetzt ist erst mal Pause.“

20

„Herr Schmidt, was war denn nun eigentlich in der Tüte?“, fragte Tom. „Also, warum Sie kein Handy mehr haben wollen.“

„Stimmt!“, sagte Herr Schmidt. „Das müsste zum Schluss ja noch aufgelöst werden.“

Der Lehrer ging zum Schrank, holte die Plastiktüte heraus und schüttete den gesamten Inhalt auf dem Tisch aus.

„Was ist das denn?“, rief Karla.

„Kalenderblätter“, sagte Herr Schmidt. Er hielt eine Handvoll der kleinen Zettel hoch und ließ sie durch seine Finger auf den Tisch rieseln. „Genau 365 Stück.“

Herr Schmidt zog seinen Stuhl in die Mitte vor die Klasse.

„Leute, jetzt kommt eine wirklich gute Geschichte“, sagte Johanna. „Herr Schmidt, bitte genau so cool erzählen wie neulich.“

„Ich gebe mir Mühe“, sagte Herr Schmidt und machte es sich bequem. „Also: Einem guten Bekannten, nennen wir ihn einfach K., ist Folgendes passiert: Seine Partnerin ging ins Ausland. Nach Frankreich. Um dort für ein

Jahr zu studieren. Fernbeziehung nennt man das, aber dank Handy blieben sie sich sehr nah. Er hatte sich so einen Abreißkalender gekauft, wie einer, der ins Gefängnis geht. K. schrieb ihr tolle Liebesbotschaften per SMS und bekam wirklich herzzerreißende Liebes-SMS zurück. Am Handy planten beide eine gemeinsame Zukunft. Kinder und so. Tag für Tag schrieben sie sich ein Paradies zusammen. Für den Tag 365, den Tag ihrer Rückkehr, hatte K. sich etwas ganz Besonderes überlegt. Er wollte ihr einen Heiratsantrag machen. Am Flughafen. Er kaufte 99 Rosen, die wollte er vor dem Gate auslegen."
„Die Geschichte geht nicht gut aus, oder?", unterbrach ihn Joline.
„Tja", sagte Herr Schmidt. „Es waren eben nur Buchstaben in einem elektronischen Gerät. Kurz bevor K. am Flughafen war, kam ihre letzte SMS."
„Sie hatte einen anderen, stimmt's?"
„Ja, Joline, ziemlich genau so. K. wurde plötzlich klar, dass er ein Jahr in einem digitalen Gefängnis verbracht und die Worte auf einem Display mit dem Leben verwechselt hatte. Das war keine leichte Erkenntnis für ihn."

„Wie ist denn K. damit zurechtgekommen?“, fragte Karla.
„Er hat das Handy zusammen mit den Rosen gleich auf dem Nachhauseweg vom Flughafen von einer Brücke geworfen.“
„Und wird K. nun bis an sein Lebensende nie wieder ein Handy haben?“, fragte Tom.
„Na ja“, sagte Herr Schmidt. „Seine neue Verlobte will ihm unbedingt eins schenken. Und vielleicht wird er sie damit auch mal anrufen. Aber nur, wenn es wichtig ist.“
„Ist ja doch noch mal gut ausgegangen“, sagte Joline. Weil einige um sie herum kicherten, guckte sie verunsichert. Aaron tippte ihr auf die Schulter und gab ihr durch Blicke zu verstehen, dass mit K. höchstwahrscheinlich doch Herr Schmidt gemeint war.
„Wann ist denn die Hochzeit?“, fragte Amelie.
„Oh“, sagte Herr Schmidt und sah auf seine Uhr. „Die ist schon am nächsten Samstag.“
„Sind wir denn eingeladen?“, fragte Johanna.
„Sehr gerne“, sagte Herr Schmidt. „Wer möchte, kann gern vorm Standesamt mit uns anstoßen.“

„Aber das mit dem Flashmob, Herr Schmidt", sagte Tom, „das war doch cool, oder?"
„Ja, Tom", sagte Herr Schmidt. „Wenn man es schafft, aus seinem digitalen Gefängnis auszubrechen, und die Dinger dazu benutzt, die Welt zu verbessern – dann ist das cool!"
Amelie spürte, wie Aaron unter dem Tisch ihre Hand nahm und sie zärtlich drückte. Er lächelte sie an. Von der anderen Seite stupste Johanna sie an und nickte ihr zu. Dann lächelte auch Johanna. Und dann sah Amelie, wie Tom Johanna anstrahlte.